Sylvia Renz

# *Auf dem Weg nach nirgendwo?*

Die Geschichte einer Liebe

Sylvia Renz

# Auf dem Weg nach Nirgendwo?

*Die Geschichte einer Liebe*

Schulte & Gerth

Best.-Nr. 815277
ISBN 3-89437-277-X
1. Auflage Januar 1994
2. Auflage September 1994
3. Auflage Februar 1995
4. Auflage August 1995
5. Auflage 1997
Redaktionelle Bearbeitung: Günter Hampel/Karoline Furch
Umschlaggestaltung: Olaf Johannson
Foto: SPOON, Christian Roth
Satz: Typostudio Rücker & Schmidt
Druck und Verarbeitung: Ebner Ulm

Printed in Germany

## *Gemeinsam unterwegs – aber wohin?*

Ich heiße Chris. Eigentlich Christian Hauser, aber das klingt mir zu vornehm. So werde ich mich nennen, wenn ich das Abitur geschafft habe – also nächstes Jahr. Bis dahin: Chris; das ist auch kürzer.

Ich denke viel nach. Über mich, über andere, über die Welt. Meinte, ich hätte Antwort auf meine Fragen gefunden. Doch heute zog es mir glatt den Boden unter den Füßen weg. Aber ich will von Anfang an erzählen.

Abends um halb sechs kam ich heim, nahm die drei Stufen zur Haustür mit einem Satz wie immer und klingelte Sturm. Katrin riß die Tür auf. Katrin, meine Schwester, ist einundzwanzig und studiert Medizin.

„Na, Kleiner, noch nie was von einem Hausschlüssel gehört?"

Kleiner! – Ich bin 18! Ich zahlte es ihr heim, indem ich einen Kratzfuß machte und salbungsvoll sagte: „Bitte gnädigst um Entschuldigung, große Frau." Katrin ist nämlich nicht glücklich über ihre Körpergröße (1,85!), und sie läßt sich ungern „groß“ nennen. Wir verstehen uns gut, wir zwei. Deshalb necken wir uns auch manchmal.

„Mach schnell, es sind nur noch drei Stücke Kuchen da“, mahnte meine Schwester, und das ließ ich mir nicht zweimal sagen.

Paps und Mam saßen beim Tee. „Na, wie ist es gegangen mit der Fahrprüfung?“ Ich machte ein trauriges Gesicht und ließ die Schultern hängen.

„Seid mir nicht böse, ich habe mir ja große Mühe gegeben, aber wahrscheinlich reicht mein IQ nicht aus.“

Paps zog hörbar die Luft ein. Bevor er etwas sagen konnte, meinte Mam: „Ich freue mich, daß du es geschafft hast. Komm, setz dich und iß was.“

Was soll man mit solch einer Mutter anfangen?

„Dich sollte man bei der Polizei anstellen. Woher weißt Du, daß ich bestanden habe?“

Katrin und Mutter sagten fast gleichzeitig: „So was sieht man doch!“

Paps grinste. „Frauen und Geheimdienst ...“

Ich ließ mich auf den Stuhl fallen. Der Kuchen war großartig: gedeckte Apfeltorte, richtig saftig, nicht zu süß. Schade, daß nur noch zweieinhalb Stücke übrig waren – die eine Hälfte war bereits in meinen Magen gewandert. Beim Kauen erzählte ich vom knurrigen Prüfer: „Ich sage euch, der letzte Mensch! So was von schlechter Laune!“ Ja, es war eine abenteuerliche Fahrt gewesen: die gefährlich verengte Fahrbahn bei der Baustelle, der Dackel, der plötzlich wie eine Kanonenkugel aus einer Einfahrt herausschoß. Es hatte gerade noch zum Bremsen gereicht ...

„Jedenfalls hab ich ihn, den Führerschein. Jetzt

brauch ich ’ne Menge Fahrpraxis. Kann ich gleich mal den Wagen haben, Paps? Möchte noch auf einen Sprung zu Viola rüber.“

„Du wirst das Auto zu Schrott fahren. Ich sehe es schon kommen, daß ich auf meine alten Tage zu Fuß in die Klinik laufen muß!“ grollte Paps. Ich weiß nicht, was er hat – er ist doch ein leidenschaftlicher Fußgänger? Jeden Tag predigt er uns, wie gesund das Gehen ist, und er muß es ja wissen, schließlich ist er Arzt. Paps ist kein bloßer Pillenverschreiber, sondern einer, der den Leuten dauerhaft helfen möchte. Sie lernen bei ihm, wie man gesünder und glücklicher leben kann. Er ist schwer in Ordnung, mein Paps. Aber er liebt dramatische Szenen; damit es uns nicht langweilig wird, sagt er. Er hat also seine grauen Locken zerwühlt und den Verzweifelten gemimt: „Wenn *du* jetzt auch noch unsere teure Familienkutsche benutzt, sind ihre Tage gezählt! Unser gutes Stück!“

Ich mußte lachen. Bei uns ist das Auto ein reines Transportmittel, und so sieht es auch aus. Mam und Katrin stehen mit dem Einparken auf Kriegsfuß, da gibt es schon mal Beulen oder Kratzer, aber darüber regt sich keiner auf. „Ist ja nur Blech“, sagt Paps immer, „Hauptsache, euch ist nichts passiert“.

„Tja, Paps, das hättest du dir überlegen müssen, bevor du mich zur Fahrschule geschickt hast! Jetzt hab ich den Führerschein und will auch fahren. Gnadenlos. Komm schon, rück den Autoschlüssel raus und mach dir keine Sorgen. Ich werde gut aufpassen. Ich brauche viel Fahrpraxis, hat der Lehrer gesagt. Damit ich sicher werde. Du weißt doch, Übung macht den Meister.“

Das wirkte. Paps hat eine Schwäche für Sprichwörter. Er reichte mir seufzend die Wagenpapiere und den

Schlüssel. Ich sauste noch mal ins Bad, Haare durchbürsten, eine Handvoll Wasser ins Gesicht spritzen und ein neues T-Shirt überstreifen – fertig. Oder doch nicht – es kratzt am Kinn. Also Rasierapparat her ...

„Man muß was aus sich machen", sagt Katrin immer, und ich finde, sie hat recht. Wenn man rothaarig ist wie ich, wird man dauernd angestarrt. Früher ging mir das auf die Nerven; ich wäre dann am liebsten ins Mauseloch gekrochen, so unsicher war ich. Ich haßte meine Haare und beneidete die anderen Jungs, die blond waren oder braunhaarig und deshalb nirgendwo auffielen. Irgendwann wurde mir aber klar: Ich mache mich selbst unglücklich, wenn ich mich wegen meinem Aussehen schäme. Wenn ich mich nicht leiden kann, wie soll ich dann von anderen erwarten, daß sie mich mögen? Meine Familie hat mich gern. Ich spüre, daß sie mich akzeptieren, wie ich bin. Ich nehme sie auch so, wie sie sind. Und mir selbst gönne ich diesen Luxus ebenfalls – ich sage Ja zu mir. Dabei bin ich nun wirklich kein Supermann, sondern nur ein ganz normaler Schüler. Meine Komplexe haben mir nur Ärger eingebracht. Einmal bin ich sogar sitzengeblieben, weil ich mir nichts zutraute. Heute denke ich anders. Wenn ich ohne Krampf mein Bestes gebe, dann hab ich auch Erfolg. Manchmal geht's daneben, aber das ist auch kein Beinbruch. Seit ich so ans Leben herangehe, werde ich nicht mehr verlegen, wenn die Leute gucken. Sollen sie doch – ich weiß, meine Socken passen zum Pulli und der Pulli zur Haut.

Katrin sagt, ich muß warme Herbstfarben tragen: Gelb, Rostbraun, ein warmes Grün. Sie hat so einen Farbkurs mitgemacht, und danach ist sie mit mir einkaufen gegangen. Sie hat mich gut beraten. Na ja, so wichtig ist das Aussehen nicht, aber es gibt einem doch etwas Halt, wenn man weiß, man kann sich sehen lassen ...

Also, ich hatte mich fein gemacht, Mam und Paps einen Gruß zugerufen und dann raus zum Auto. Katrin rief noch: „Denk an den Schlüssel!“ Sie kann es nicht lassen, mich wie ein Baby zu behandeln.

Der Motor sprang sofort an. Ich ließ ihn dreimal aufheulen, aber keiner kam ans Fenster, nicht mal die Nachbarin von gegenüber, die sonst immer hinter der Gardine steht. Heute hätte sie ruhig gucken können.

Viola wohnt drei Straßen weiter. Sie ist in meiner Klasse. Seit vier Wochen treffen wir uns öfter mal nach der Schule. Bisher hat noch keiner gemerkt, daß wir befreundet sind. Vio sagte: „Ich mag es nicht, wenn die anderen unsere Freundschaft durchhecheln.“

Ich bin froh, daß es keiner weiß. Meine Klassenkameraden sind wie die Geier, wenn jemand frisch verliebt ist. Er wird dann regelrecht ins Verhör genommen. Dann brüllen sie alle „Ein-zel-hei-ten! Ein-zel-hei-ten!“ Ich habe mir geschworen: Mit mir machen die so was nicht. Es geht sie nichts an. Und was die dann gleich denken! Ich will nicht, daß sie Vio durch die Mangel drehen. Meine Eltern kennen Viola. Vater behandelte sie einmal in seiner Klinikambulanz, und Mam fuhr sie hin, weil sie mit dem verknacksten Fuß nicht laufen konnte. Ich glaube, Mam hat sie gleich gemocht. Sie schlug vor: „Lade Vio doch mal zu uns ein. Vielleicht können wir am Sonntag zusammen wandern, wenn ihr Fußgelenk wieder in Ordnung ist.“ Das ist jetzt ein paar Wochen her. Bisher hat es am Wochenende immer geregnet. Eigentlich wollte ich sie heute fragen, ob sie am Sonntag mitgeht, aber dann ...

Vio kam gleich raus, als ich hupte. Ich glaube, sie hatte

auf mich gewartet. „Hab mir schon gedacht, daß du vorbeikommst“, sagte sie. „Hat alles gut geklappt?“

„Na klar!“ Ich zog ein Gesicht, als würde ich jeden Tag eine Fahrprüfung mit links bestehen. Sie strahlte mich an, und da wurde mir ganz warm. Man muß Vio einmal strahlen sehen, damit man das verstehen kann. Und sie sagte: „Ich bin stolz auf dich!“

Sie schwang sich auf den Beifahrersitz, und ich erzählte ihr erst mal haarklein, wie die Prüfung gelaufen war. Hab dabei auch kaum übertrieben, höchstens ein bißchen: Ich wollte, daß sie noch mal strahlt oder sagt: „Ich bin stolz auf dich.“ Aber sie hat etwas viel Schöneres gesagt: „Mit dir würde ich bis ans Ende der Welt fahren. Ich glaube, bei dir ist man gut aufgehoben.“

Meine Herren! Auf einmal hatte ich Lust zu einer Spritztour.

„Es ist erst halb sieben, vielleicht schaffen wir es noch bis ans Ende der Welt. Willst du?“ Vio wollte. Sie sagte noch schnell ihrer Mutter Bescheid, dann ging’s los. Wir kamen glatt durch den Berufsverkehr und fuhren in Richtung Odenwald. Ab und zu schaute ich zu ihr rüber, nur kurz. Schließlich muß ich meine Augen auf der Straße lassen, darf auch den Rückspiegel nicht vergessen. Als Anfänger sollte man sich schon aufs Fahren konzentrieren. Aber ganz konnte ich mir die Seitenblikke doch nicht verkneifen. Ihr Gesicht kenne ich auswendig: eine Haarsträhne, wie verirrt auf der Stirn, die Augenbrauen wie zwei Schwalbenflügel, die klassischgerade Nase, dann der Mund – fein gezeichnet, ein Maler hätte ihn nicht besser hingekriegt, ein winziges Grübchen in der linken Wange – und ihr Kinn, meist energisch vorgestreckt, als wollte sie der ganzen Welt Trotz bieten. Eben Viola.

Ihre Augen kann ich im Augenblick nicht sehen, aber ich weiß, sie sind dunkelgrau, mit hellen Pünktchen drin. Das sind Augen! Wir wandern manchmal zu einer alten Burg. Dort steht im Schloßhof ein Brunnen. Ich werfe jedesmal ein Steinchen hinein und warte, bis es – klack – unten aufkommt. Es dauert lange. Würde jemand einen Stein in Vios Augen werfen – also, ich meine das jetzt nicht wörtlich! – wann käme dann das Klack? Ich glaube, da ist überhaupt kein Boden in ihren Augen, da kann man endlos hineinschauen ... Aber ich komme ins Träumen. Eigentlich wollte ich etwas ganz anderes erzählen.

Wir sind also gefahren und gefahren. Die Landstraße war frei, und ich drückte aufs Gas. Bäume und Sträucher flitzten an uns vorüber. Wir nahmen die Hügel in flottem Tempo. Ich fragte: „Wo wollen wir denn hin?“

Vio hat die Achseln gezuckt. „Egal. Irgendwohin. Nur fahren, immer fahren. Unterwegs sein. Bis ans Ende der Welt. Oder müssen wir da vorher noch tanken?“

Das ist typisch Vio. Sie kann todernst sein, so traurig, daß sich meine kleinen Härchen im Nacken aufstellen und es im Magen grummelt. Und gleich darauf macht sie einen Scherz. Bei ihr geht alles ineinander über: tiefe Gedanken und komische Ideen. Aber heute abend war sie weniger zum Spaßen aufgelegt. Sie erzählte mir von der großen Leere, die sie innerlich spürt. Von ihrer Mutter, die sich kaum um sie kümmert. Sie reden höchstens über Alltagskram: „Dein Mittagessen steht in der Mikrowelle“ oder: „Ich bin am Wochenende verreist.“ Vio ist viel allein, und dann weiß sie nicht viel mit sich anzufangen.

„Manchmal will ich weit weg, möchte fortlaufen, alles hinter mir lassen. Raus aus der Stadt, endlich Bäume und Wiesen sehen, keine Betonklötze mehr, keine Mauern ..."

Ja, so geht es mir auch oft. Ich jogge dann eine Runde im Park. Oder starte eine Nachtwanderung mit Paps. Das bringt er fertig, mitten in der Woche, und morgens geht er dann mit Schlitzaugen in seine Klinik, und ich schlafe im Unterricht beinahe ein. Aber was wir in diesen Nächten erleben, macht das bißchen Müdigkeit wieder wett. Vielleicht sollten wir Vio mal mitnehmen ...

„Ich kann es kaum noch aushalten bei mir zu Hause. Ich hab das alles so satt. Jeden Tag die gleiche Leier. Schule, bis man nicht mehr sitzen kann, dann zu Hause die große Langeweile. Essen, schlafen, lernen, fernsehen – wird das immer so weitergehen?"

Hm. Hier konnte ich sie nicht ganz verstehen. Ich finde das Leben aufregend. Die Schule gehört dazu. Ich möchte am liebsten alles wissen, alles begreifen. Ich hab noch so viel vor in den nächsten Jahren. An jeder Ecke wartet ein Abenteuer auf mich. Deshalb macht mir das Autofahren auch so viel Spaß.

„Vio, du bist jetzt 17, ich bin 18. Noch ein gutes Jahr, dann haben wir das Abi geschafft und können was Interessantes studieren. Oder einen Beruf lernen, der uns gefällt."

„Ja, und dann? Am Anfang ist es noch neu. Da findest du es spannend. Aber dann kommt doch wieder derselbe Trott. Arbeiten, essen, schlafen, fernsehen. Ich seh es an meiner Mutter! Nein, so ein Leben will ich nicht!"

Viola hatte sich in Rage geredet. Ich spürte, es war ihr bitter ernst.

„Irgendwo muß doch ein Sinn sein. Ich will ihn suchen, bis ich ihn gefunden habe. Vielleicht komme ich niemals an. Vielleicht bleibe ich mein Leben lang auf dem Weg nach nirgendwo ..."

Sie hat es so traurig gesagt. Ich hielt das Auto in einer Parkbucht an und legte ihr den Arm um die Schulter. „Vio, du bist ja nicht allein. Wir fahren zusammen, du und ich. Wir suchen solange nach dem Ziel, bis wir irgendwo angekommen sind."

Sie sah mich an – lange, erwartungsvoll. Dann fragte sie: „Und wird dein Ziel auch meins sein? Oder wirst du unterwegs aussteigen?" Ich schluckte. Daran hatte ich noch nicht gedacht. Vielleicht war das, was mir wichtig war, für sie bedeutungslos? Vielleicht wollte sie in eine Richtung fahren, die mir falsch erschien?

Ich nahm meinen Arm weg. Draußen wurden die Schatten lang. Ich konnte kaum noch ihre Augen erkennen. Eine Grille fiedelte ihr Solo. Die Wiese duftete bis ins Auto hinein. Da saß das schönste Mädchen der Welt dicht neben mir und war nahe am Weinen, und ich ... ich wußte nicht, was ich tun sollte. Ich hätte sie gern getröstet. Ich hätte ihr so gern etwas von meiner Lust am Leben ausgeborgt. Von meinen Zielen vorgeschwärmt. Von meiner Hoffnung. Von dem, was mich immer wieder fröhlich macht, wenn ich mutlos bin. Von dem, was unsere Familie zusammenhält. Was meinem Vater Mut gibt, immer wieder neu den Kampf gegen Krankheit und Tod aufzunehmen.

Aber ich konnte nicht. Ich konnte es einfach nicht. Ich brachte kein Wort heraus. Mein Mund war wie ausgedörrt und mein Kopf eine leere Höhle.

Wir haben lange geschwiegen. Dann sagte ich: „Es wird spät", und sie nickte. Auf der Rückfahrt hörten wir leise Radiomusik: Chopin. Wenn man traurig ist, sollte man nicht gerade Chopin hören. Das macht schwarz noch schwärzer. Wir haben an dem Abend nicht mehr geredet. Dann waren wir vor ihrer Haustür angekommen. Sie blieb noch eine Weile neben mir sitzen, dicht neben mir, doch mir kam es vor, als wären wir durch Lichtjahre getrennt.

„Gute Nacht, Chris“, sagte sie mit einer kleinen, zerknitterten Stimme. Ich sah ihr nach, wie sie die Stufen hinaufging, langsam, wie eine alte Frau.

Und ich dachte: „O Mann, das ist danebengegangen!“

Und jetzt liege ich in meinem Dachzimmer und sehe über mir die Sterne. Hab mein Velux-Fenster senkrecht gestellt. Da stört kein Glas mehr, der Blick auf den Himmel ist frei. Ich frage mich: Warum habe ich nichts gesagt? Kein Wort über meine Ziele und den Sinn des Lebens? Tausend Antworten fallen mir ein. Hundert stichhaltige Gründe auf die Frage, weshalb das Leben lebenswert ist. Zehn gute Argumente für Vio, den neuen Tag mit einem Lachen zu begrüßen. Und mein ganz persönlicher Kommentar dazu, denn mir ist klar geworden, daß ich Vio liebe. Jawohl – liebe! Daß ich am liebsten jede Stunde und jede Minute mit ihr teilen möchte. Und ist das nicht Grund genug, das Leben zu mögen?

Aber das sind *meine* Antworten. Ich habe sie für mich gefunden, entdecke täglich neue dazu. Und ich spüre, sie sind fest und sicher. Sie halten mich. Ob sie aber auch Vio tragen?

Und auf einmal wird mir kalt. Eine Szene fällt mir ein. Damals war ich gerade sieben Jahre alt; Paps hatte mich zum Dorfteich mitgenommen. Er prüfte das Eis – es hielt. Dann hüpfte er darauf herum, stampfte wie ein Rumpelstilzchen. „Komm, Chris, das Eis ist fest!“

Mir war die Sache nicht geheuer. Ich hatte gerade in der Schule ein Gedicht gelernt vom „Büblein auf dem

Eis". Aber wenn es Paps trug, dann mich doch erst recht? Vorsichtig stieg ich auf die glatte Fläche, rutschte ein paar Schritte am Rand entlang. Ja, es hielt. Ich wurde mutiger und schlurfte weiter, immer außen herum. Auf einmal krachte es verdächtig unter meinem rechten Stiefel. Ich zog ihn hoch. Das war natürlich ganz verkehrt, denn jetzt brach ich vollends durch. Zum Glück war das Wasser an dieser Stelle nicht tief; es ging mir nur bis zum Bauch. Paps zog mich schnell heraus und schleppte mich heim. Und ich frage mich bis heute: Warum hat es ihn getragen und mich nicht?

Ich stand auf und schlich hinüber zum Schlafzimmer. Unter dem Türspalt war noch Licht zu sehen. Ich klopfte leise, Paps rief: „Jaaa?" und ich schlüpfte zu ihm hinein. Die Eltern hatten noch gelesen. Ich sagte: „Sag mal Paps, wie war das damals am Entenweiher, als ich eingebrochen bin – warum hat dich das Eis getragen und mich nicht?" Vater schaute mich an, als wäre er in Gedanken weit weg. Ich dachte schon, er hätte meine Frage nicht verstanden. Aber dann sagte er:

„Soll das dünne Eis dich tragen,
mußt du dich zur Mitte wagen."

Paps und seine Reime! Zuerst dachte ich, er macht Spaß. Aber dann wurde mir klar, daß das *die* Antwort war.

## *Was weiß ich schon von Liebe?*

*Eben habe ich mein Kissen aus dem Bett geworfen. Es war naß. Ich hasse feuchte Kissen. Ich hasse es, heulen zu müssen. Fürchte mich davor, wenn der Klumpen in meinem Hals immer dicker wird und es heiß in die Augen steigt. Mutter sagt: „Wein dich aus, Vio, Tränen waschen die Seele.“ Wenn das stimmt, dann hab ich die sauberste Seele der Welt. Heulboje!*

*Dabei hat alles so schön angefangen mit Chris. Ich hatte ihn schon im Auge, seit ich in seine Klasse kam. Durch unsere dauernde Umzieherei hab ich nie richtige Freunde gehabt. Bin daran gewöhnt, allein zu leben. Mutter lebt auch allein, obwohl wir in derselben Wohnung wohnen. Zwei Schienen, nur durch Schwellen verbunden. Kommen nie zusammen. Treffen sich nicht. Dabei sehne ich mich so sehr nach jemandem, der mich gern hat. Jemand wie Chris.*

*An Chris sieht man zuerst die roten Haare. Kein gewöhnliches Rot: Tizianrot, und seine Haut ist braun. Zuerst dachte ich: „Mensch, der färbt sich die Haare!“ Ist heute ja nichts Besonderes. Aber dann merkte ich, die Farbe ist echt. Die anderen Mädchen aus der Klasse nennen ihn „Streichholz“. Er macht sich nichts draus, glaub ich. Wenn er es hört, grinst er nur und sagt: „Willst wohl Feuer?“ Er ist eine originelle Mischung; schlagfertig, dann wieder still. Es ist seltsam mit ihm – viele mögen ihn, aber sie trauen sich nicht an ihn ran. Einige Mädchen sind hinter ihm her. Ich glaube, er merkt es nicht einmal. Er ist zu allen gleich: freundlich, aber auf Abstand. Bei den Jungs ist er nicht so beliebt. Wahrscheinlich sind sie neidisch, denn er ist gut in der Schule. Und er sieht gut aus, fast zu gut für einen Jungen: feingeschnittene Züge, ein weicher Mund, verträumte Augen. Und dann die roten Locken. Es ist kein Kunststück, sich in einen solchen Jungen zu verlieben.*

*Chris sitzt mir im Unterricht meist schräg gegenüber.*

*Wir schauen uns oft an. Anfangs hat er immer schnell weggeguckt, wenn sich unsere Blicke trafen. Aber das ist jetzt anders. Eigentlich seit dem Schulfest. Damals hatte ich mir den Fuß verknackst, hat schauderhaft weh getan. Ich wollte nach Hause. Mir graute vor dem Heimweg: U-Bahn, Bus und dann noch 10 Minuten laufen. Und das alles auf einem Bein. Mutter war wieder mal verreist. Sie ist nie da, wenn ich sie brauche. Ich glaube, ich hab damals ein ziemlich wehleidiges Gesicht gezogen. Chris sah es und kam zu mir rüber.*

*„Viola, was ist los?" Ganz einfach und platt. Überhaupt nicht romantisch. Und trotzdem war es ein Anfang. Weil er nämlich vorher noch nie mit mir geredet hatte. Er hockte sich vor mich hin und guckte auf meinen Fuß. Der war schon dick angeschwollen.*

*„Hm, könnte eine Zerrung sein oder ein Bänderriß, darf ich mal?" Er dröselte meinen Turnschuh auf und zog ihn vorsichtig ab: ein Höllenschmerz, aber ich biß die Zähne zusammen. Nur nicht heulen! Nicht vor ihm!*

*Seine Hände sind schmal und zart, wie man sich Klavierspielerhände vorstellt. Er spielt übrigens sehr gut, hab ihn mal im Musiksaal gehört, als er dachte, er ist allein. Ja, und dann hatte er mein Gelenk abgetastet und mich nachdenklich angeschaut.*

*„Das müssen wir röntgen lassen. Haben wir gleich. Warte einen Moment" – weg war er. Die anderen aus der Klasse hatten sich verdrückt, als sie merkten, mir geht es schlecht. Aber Chris hat Schulfest Schulfest sein lassen. Obwohl er jetzt seinen großen Auftritt gehabt hätte: Er sollte nämlich ein Klavierstück vorspielen. Das sagte er ab und rief inzwischen seine Mutter an. Die kam mit dem Auto und fuhr uns in die Klinik. Sie kennen ihn dort alle, deshalb kam ich gleich dran. Seine Mutter*

*gefällt mir; sie ist genauso rothaarig wie er, hat dieselben Nußaugen, vielleicht etwas heller. Wir fuhren dann in ihrem Auto zu mir nach Hause. Chris trug mich die Treppe hoch, weil ich nur mit einem Fuß auftreten konnte. Zum Glück wohnen wir im zweiten Stock, oder eigentlich muß ich sagen – leider. Es war schön, wie er mich getragen hat. Ich fragte ihn: „Bin ich dir nicht zu schwer?" Er lachte: „Ach wo! Bist wie eine Wolke, eine Viowolke." Er ist stark.*

*Ja, und seither besucht er mich öfter mal. Zuerst kam er mit den Hausaufgaben, weil ich doch eine Woche nicht in die Schule gehen konnte. Später auch ohne Vorwand. Wir haben zusammen Platten gehört oder einen Spaziergang gemacht. Chris kann sich für die Natur begeistern. Ich auch.*

*Inzwischen treffen wir uns fast jeden Tag. Bisher hab ich es noch keinem verraten. Mutter hat schon was gemerkt, aber es interessiert sie nicht. Bei meinen Geschichten sagt sie immer: „Tangiert mich nur peripher." Sie erzählt mir auch nichts von sich. Kommt alle drei Monate mit einem anderen Mann daher. Das sind meistens Mercedes-Typen im schicken Anzug. Schmeißen mit Geld um sich. Spucken große Töne. Nutzen meine Mutter aus. Dann gehen sie, lassen sie einfach fallen. Einmal hab ich mich eingemischt: „Warum machst du das denn mit? Merkst du nicht, worauf der Kerl aus ist? Er liebt dich doch nicht wirklich!" Sie hat mich angeschaut, als wollte sie mich erwürgen.*

*„Was weißt du schon von Liebe!" hat sie gesagt.*

*Na ja, ich weiß wirklich nicht viel davon. Zweimal eine Schwärmerei mit Klassenkameraden. Zusammen Eisessen gehen, ab und zu in die Disko. Nichts richtig Tiefes. Oder doch, einmal – da war ich unsterblich ver-*

*liebt. Er hieß Jo und war drei Jahre älter als ich. Gitarrist in einer Rockband. Hab ihn jeden Abend in seiner Stammkneipe besucht. Ich war regelrecht verrückt nach ihm. Er wußte das. An einem Abend brachte er mich nach Hause. Mutter war wieder mal auf Dienstfahrt oder was weiß ich wo. Er kam mit hoch, wollte noch was trinken. Ich brachte ihm eine Cola, aber er wollte was anderes. Ich kramte im Küchenschrank herum, fand aber nur Weißwein. Den braucht Mutter ab und zu für die Sauce. Er suchte im Wohnzimmer und grub tatsächlich eine Flasche Whisky aus. Wußte gar nicht, daß wir so was hatten.*

*„Komm, trink mit, das macht lustig", meinte er. Es hat mir nicht geschmeckt, war zu scharf, das Zeug. Fast wie Medizin. Ich mußte husten, und er lachte mich aus. Das wurmte mich. Ich wollte es ihm beweisen. Also kippte ich alles, was im Glas war, auf einmal in mich hinein. Es brannte schrecklich im Hals, aber mir wurde warm dabei.*

*Das Zimmer schwankte so komisch, und ich dachte, gleich fall ich um. Aber er fing mich auf und trug mich auf die Couch. Dann streichelte er mich, am Anfang nur zart, aber dann fester. Wir kamen beide in Fahrt. Er streifte mir die Jeans ab und den Pulli, und ich dachte, jetzt bist du im Himmel, das ist das wahre Leben!*

*Aber dann machte ich einen Fehler: Ich schaute ihn an. Er hatte die Augen verdreht und atmete schnell wie beim Dauerlauf. Er sah fremd aus, verzerrt. Ich wollte was sagen, aber er hörte nicht. Ich glaube, er hatte vergessen, daß ich auch noch da war. Er wollte nur meinen Körper. Meinen Körper und seine Lust. Da wehrte ich mich. Er dachte, ich kämpfe nur zum Spaß. Damit es noch spannender wird. Ich bekam Angst und schrie, aber er hielt mir den Mund zu. Ich trat wild um mich und biß ihn in die Hand.*

*„Ui, wen hab ich mir da eingefangen – eine Wildkatze!" lachte er.*

*„Hör auf, ich will das nicht!" rief ich. Ich seh es noch wie heute, sein Gesicht wurde hart.*

*„Was willst du eigentlich – erst einen Mann scharf machen und dann kneifen? Mit mir nicht!" Er kam wieder näher. Aber da hörte ich einen Schlüssel in der Tür. Ich strampelte mich frei und rannte in den Flur. Es war Mutter. Für mich war es ein Engel, wenn es überhaupt Engel gibt! Ich fiel ihr um den Hals. Sie wunderte sich, daß ich halb ausgezogen war. Aber gefragt hat sie nicht. Sie fragt nie.*

*Als ich mich nach zehn Minuten wieder ins Wohnzimmer traute, saß Jo ruhig im Sessel und blätterte in einer Zeitschrift. Als wenn nichts gewesen wär. Er sah auf und sagte: „Dann geh ich jetzt besser."*

*Ich brachte ihn noch zur Wohnungstür. Er schaute an mir vorbei, als ich stotterte: „Du, es tut mir leid." Er zuckte die Achseln und meinte: „Hab mir schon selbst geholfen. Bin nicht auf kleine Babys wie dich angewiesen, weißt du." Ich hab ihn nie wiedergesehen.*

*Das ist meine ganze Erfahrung mit der Liebe, und ich glaube, es war noch nicht mal Liebe. Jedenfalls stelle ich mir die Liebe ganz anders vor. Etwa so wie gestern im Auto. Chris hat mir zugehört – so wie er kann keiner zuhören. Er ist still dabei, und trotzdem hat man das Gefühl, daß er Antwort gibt. Daß er ganz genau versteht, was ich meine. Aber wahrscheinlich hab ich mir das nur eingebildet, die Seidenfäden, die da von mir zu ihm gesponnen sind und uns verbinden. Ich hab wohl nur geträumt. Sonst hätte er doch spüren müssen, wie sehr ich mich nach ihm sehne? Er hat nicht von Liebe gesprochen, kein Wort. Vielleicht sieht er nur den Kumpel in mir, den guten Kameraden? Oder er hat Mitleid. Das hat mir gerade noch gefehlt! Mitleid!*

*Gestern im Auto, da gab es einen Moment, da dachte ich – jetzt. Jetzt wird es richtig schön. Er hat mir den Arm um die Schulter gelegt, und ich lehnte mich ein bißchen an ihn und fühlte mich zu Hause. Zum ersten Mal in meinem Leben.*

*Behütet. Geborgen. Rundum wohl. Aber dann? Was hab ich bloß falsch gemacht, daß er plötzlich von mir wegrückte? Er hat mich nicht geküßt. Er hat auch nichts mehr gesagt. Er sah mich nur an – mit einem Röntgenblick. Als wär ich aus Glas. Und auf einmal ratterte ein Gitter zwischen uns runter. Nein, wir passen nicht zusammen. Ich bin nicht gut genug für ihn. Er ist anders. Er lebt anders.*

*Als er mich zu Hause absetzte, da hatte er kein liebes Wort für mich, keinen Gruß. Er sagte nicht „Bis morgen" wie sonst immer, auch nicht „Tschüß, bis irgendwann". Ich glaube, er hat innerlich den Schlußstrich gezogen.*

*Ich konnte mir schon auf der Treppe die Tränen nicht verbeißen. Mutter sah das und meinte: „Wir beide haben eben kein Glück in der Liebe. Nimm's nicht so tragisch. Es war ja nur ein kleiner Flirt."*

*Sie hat keine Ahnung. Sie weiß nicht, wie tief das bei mir geht. Unser Deutschlehrer würde sagen: „Existenzielle Lebenskrise auf Grund eines akuten Verlusttraumas." Er mag solche psychologischen Fremdworte. In mein Leben passen sie auch, da ist alles kalt und verbogen und durcheinander – Schrott!*

## *Augen wie ein Brunnen*

Das war ein Tag! Ein richtiges Wechselbad – heiß und kalt. Ich bin früh aufgewacht, hatte noch Zeit, ein bißchen zu lesen und nachzudenken. Das Frühstück war wieder mal Spitzenklasse. Mam versorgt uns nach dem Grundsatz: „Liebe geht durch den Magen.“ Essen ist mir nicht wichtig, aber auf so einen Obstsalat und frisch gebackene Vollkornbrötchen möchte ich nicht verzichten. Dann radelte ich in die Schule. Bei dem schönen Wetter ist es ein Jammer, dauernd in geschlossenen Räumen zu hocken – im Auto, in der U-Bahn, im Bus und dann im Klassenraum. Wie Sardinen in der Dose. Nein, ich brauche Sonne und frische Luft, auch wenn die zur Stoßzeit mit echter Luft nur noch den Namen gemeinsam hat. Deshalb mache ich einen Umweg durch den Volkspark. Da duften die Linden, und die Entenmama macht Schwimmkurs mit ihren Kleinen. Um ein Haar wäre ich zu spät zum Unterricht gekommen, weil ich sie noch durchzählen mußte – es sind elf. Elf braune Kuschelknäuel.

Viola ist mir in den letzten Tagen ausgewichen. Seit

unserer kleinen Autofahrt ist der Wurm drin, und ich weiß nicht warum. Ich hätte gern mit ihr darüber geredet. Aber sie hat mich immer nur kühl gemustert, als wäre ich ein Hausierer, der ihr eine Wurzelbürste andrehen will. Ich fühlte mich klein, dabei bin ich mindestens einen Kopf größer als sie. Ich schluckte und dachte: Abwarten. Liebe ist eine große Sache. Die muß man erst mal lernen – schrittweise. Ich werde Vio schon noch davon überzeugen, daß ich ihr Traumchauffeur bin. Bis ans Ende der Welt will ich sie kutschieren!

In der vierten Stunde hatten wir Deutsch. Wir lesen die Geschichte vom braven Soldaten Schweijk. Die Handlung kenne ich, weil ich den Videofilm gesehen habe. Also ließ ich meine Gedanken spazierengehen und meine Augen auch, und sie blieben „rein zufällig" bei Viola hängen. Viola. Dieser Name ist wie Musik! Ich stellte mir gerade vor, wie sich ihr Haar anfühlt, wenn man drüberstreicht – wie Seide vielleicht?

Sie sah mich an, zuerst abwartend, aber dann wurde er weich, ihr Blick – Morgendämmerung nach einer durchwanderten Nacht. Ich ließ mich in ihre Augen hineinfallen, endlos, vergaß, wo ich war.

Von weither hörte ich jemanden rufen: „... ja, Hauser, *Sie* sind gemeint!" Ich rüttelte mich wach – mein Deutschlehrer hatte mich irgend etwas gefragt. Aber was? Ich sprang auf und sagte á la Schweijk: „Melde gehorsamst, daß ... Ja, Herr Hauptmann." Alle lachten. Alle außer Vio. Viola schaute mich so liebevoll an, daß mir schwindelig wurde. Dann sagte Sandra, die neben Vio sitzt: „Schau an, unser Streichholz hat Feuer gefangen!" und sie lachten noch mehr. Auch der Lehrer schmunzelte. Wenn ich bloß wüßte, was er mich gefragt hat!

In der letzten Pause mußte ich etwas aus dem Keller holen. Da hörte ich ein Geräusch im Heizraum. Der Hausmeister konnte es nicht sein, der war gerade die Treppe hochgekommen. Wahrscheinlich wird mir meine Neugier noch mal das Genick brechen – aber sie hat auch ihr Gutes. Ich stieß die Tür auf und sah Rauch. Rauch neben dem Öltank. Da brannte ein Knäuel Zeitungen, und die Flamme züngelte schon am Tank hoch. Herrschaften! Jeden Augenblick konnte es „Wuff!" machen, und dann ...

„Nichts wie weg!" dachte ich.

Aber dann biß ich die Zähne zusammen: Kneifen gilt nicht. Hier muß irgendwo der Feuerlöscher hängen! Ich fand ihn und riß die Sicherung ab. Es zischte nur so. Das Zeitungsfeuer fiel in sich zusammen, aber die Ölspur am Tank brannte lustig weiter. Dann spuckte das Löschgerät drei Schaumflocken aus und war leer.

„Jesus, was jetzt?" schrie ich innerlich auf. Da fiel mir der Stapel Decken ein, der im Vorraum lagert. Schnell hinaus, ich grabschte nach einem Zipfel, den Fuß in der Eisentür, dann warf ich die Decke über den Tank. Ich holte noch schnell eine zweite und dankte im Stillen, daß es gute, schwere Wolldecken waren und keine aus Kunstfaser. Das Feuer war im Nu erstickt. Ein paar Funken schwelten noch, ich trat sie mit der Sohle aus und lehnte mich an die Wand: „Geschafft! Gott sei Dank!"

Dann sah ich hinten jemanden vorbeihuschen. Ein Hechtsprung, und ich hatte ihn am Kragen. Es war Jörg. Jörg aus unserer Klasse. Jörg mit den ewig fettigen Haaren und dem düsteren Blick, Jörg in Löcherjeans und Lederjacke. Er ist nicht dumm, wirklich nicht. Aber er verhält sich merkwürdig, er rastet öfter mal aus. Dann sprüht er Haßparolen an die Schulmauer. Schüttet Waschpulver in unseren Springbrunnen. Demoliert Fahrräder von Mitschülern. Schickt anonyme Bombendrohungen an den Rektor. Er macht es so ungeschickt, daß er jedesmal erwischt wird. Mir kommt das vor wie ein Hilfeschrei, aber er läßt sich nicht von uns helfen. Ich bin noch nie einem Menschen begegnet, der so abweisend ist. Und so boshaft. Und zugleich so hilflos und verzweifelt.

Jörg wand sich unter meinem Griff, aber ich hielt fest. Er ließ einen Hagel von Beschimpfungen auf mich los, trat um sich, schlug mit dem Kopf nach mir. Ich sagte: „Was soll denn das, Jörg? Warum hast du hier unten Feuer gelegt?" Er schimpfte weiter. Ich muß seinen Wortschatz bewundern. Er ist begabt, der Junge, ohne Zweifel ein Sprachgenie. Ich fragte: „Wen willst du damit bestrafen? Den Rektor? Die Schule? Oder dich selbst?"

Da wurde er schlaff unter meinen Händen. Er rutschte in sich zusammen. Ich dachte: „Der ist erst mal fertig!" und ließ locker. Da hatte ich mich aber verrechnet! Kaum kriegte er Luft, da boxte er mir in den Magen und stieß mir den Kopf unters Kinn. Wir rauften weiter, bis die Tür aufgerissen wurde: Der Rektor und der Hausmeister standen da. Durch den Gang hallte die Feuersirene; der Rauchmelder hatte Alarm ausgelöst. Wahrscheinlich war die Feuerwehr auch schon unterwegs.

Ich überschlug blitzschnell die Kosten: 250 Mark für einen Löschzug muß man schon rechnen. Jörg fliegt von der Schule. Welches andere Gymnasium wird ihn noch nehmen mit seinem „Sündenregister"? Schlechte Chancen. Armer Kerl.

„Christian, du bist das?“ fragte der Rektor. Er ist mit Paps befreundet, deshalb duzt er mich.

„Jawohl, der saubere Christian“, rief Jörg, und seine Stimme klang höhnisch. „Ich habe ihn dabei erwischt, wie er ein Feuer gelegt hat. Hier drüben, gleich neben dem Öltank.“

So eine Unverschämtheit! Aber ich hatte keine Sorge. Ich sah es dem Rektor an, daß er Jörg nicht glaubte.

„So wie ich Christian kenne, hat er noch nicht mal ein Feuerzeug in der Tasche“, lächelte er. „Unser leidenschaftlicher Nichtraucher.“ Seit mein Paps in der Schule einen Vortrag darüber gehalten hat, wie unvernünftig und schädlich das Rauchen ist, haben einige Lehrer damit aufgehört. Und von den Schülern werde ich kräftig aufgezogen. Aber das stört mich nicht. Ich stehe dazu. Ich muß nicht qualmen, um mich stark zu fühlen.

„Täuschen Sie sich da bloß nicht“, kreischte Jörg und griff mir in die Hosentasche. Er fingerte tatsächlich ein Feuerzeug heraus. Ich hatte das Ding vorher noch nie gesehen; Jörg muß es mir zugesteckt haben.

„Da, hier ist der Beweis! Er hat den Brand gelegt, und wär' ich nicht rechtzeitig dazugekommen, dann gute Nacht!“

Der Hausmeister lief nach oben, um die Feuerwache anzurufen – vielleicht konnte er noch rechtzeitig Entwarnung geben. Der Rektor trat ganz nahe an mich heran.

„Christian, ich weiß, daß du nicht lügst. Wie war das mit dem Feuer?“

Ich sah zu Jörg hinüber, sah seine Verzweiflung, seine Angst, seinen Haß. Und auf einmal war der ganze Zorn weg. Ich konnte Jörg nicht verraten. Unsere Schule ist seine letzte Chance. Wenn er hier rausfliegt, hat er keinen mehr, der sich um ihn kümmert.

„Christian, sag die Wahrheit!" drängte der Rektor. Er schaute von Jörg zu mir, aber ich schwieg.

„Du warst es nicht, es war der andere, nicht wahr?" Ich biß mir auf die Lippen. Der Rektor ließ die Schultern hängen, dann wandte er mir den Rücken zu und sagte gepreßt: „Hauser, du hast mich schwer enttäuscht. Bestell deinem Vater, er soll mich anrufen. Geht jetzt in eure Klasse." Jörg blitzte mich triumphierend an, und auf einmal war ich furchtbar müde.

Als wir in den Flur traten, stand die ganze Klasse oben versammelt. Ich weiß nicht, wieso, wahrscheinlich hatte der Hausmeister geredet. Vio lehnte gleich als erste am Geländer. Jörg stolzierte die Stufen hinauf und zischte ihr zu: „Einen tollen Freund hast du dir geangelt. Er wollte die Schule anzünden!" Die anderen schwiegen. Sie sahen zu mir herab, neugierig, fassungslos, ungläubig. Die Treppe kam mir unendlich steil vor. Eiger-Nordwand. Ich ließ den Kopf sinken. Wie fühlt man sich, wenn man die Schuld eines anderen trägt? Erbärmlich. Elend. Mies. Überhaupt nicht wie ein Held. Aber es tat mir trotzdem nicht leid. Es war richtig gewesen.

Dann stand Vio neben mir. In ihren Augen las ich keine Frage, keinen Vorwurf. „Komm!" sagte sie. „Du mußt dich erst mal waschen!" Wie wahr! Ich sah aus wie ein Statist aus einem Kriegsfilm: die Hände schwarz, das Gesicht rußverschmiert, Blutspuren am Kinn – der linke obere Schneidezahn wackelte – mein rostrotes T-Shirt hatte einen Riß am Hals. Aber Vio schämte sich nicht. Sie reichte mir ein Päckchen Tempo-Taschentücher und kramte Nadel und Faden aus ihrem Schulrucksack. Mit drei, vier Stichen zog sie das Loch leidlich zusammen, während ich mich im Waschraum säuberte. Als sie mir das Shirt zuwarf, lachte sie: „Hier, Majestät. Ihr Krönungsmantel!“

Blitzartig fiel mir eine Szene ein von einem, dem man eine Purpurdecke umgeworfen hatte, um ihn zu verspotten. Aber Vio war kein Pilatus; sie würde mich nie der Meute ausliefern. Und da konnte ich mitlachen.

„Na also! Jetzt kann man dich wieder auf die Menschheit loslassen!“ sagte sie und nahm mich an der Hand.

Der Sozilehrer wußte schon Bescheid, als ich etwas später in die Klasse kam. Er ließ sich über den modernen Terrorismus aus und erklärte, welche Gruppen vor allem mit Brandbomben arbeiten, wie man sie bastelt und womit man sie löschen kann. Er spickte seinen Vortrag mit anzüglichen Bemerkungen: „Wir haben ja einen Spezialisten hier“, und „Nomen est omen“, womit er meinen Spitznamen meinte. Die Klassenkameraden schauten an mir vorbei, als wär ich gar nicht da. Keiner sagte ein Wort zu mir, der Jörg hatte ganze Arbeit geleistet. Und ich wunderte mich, wie schnell die Gunst der Masse umschlägt; gestern war ich noch als Klassenbester anerkannt – heute bin ich ein Terrorist, den alle verachten.

Nur Vio hält zu mir. Als es zum Schulschluß gongte und der Lehrer seine Blätter einsammelte, sagte sie halblaut: „Wer nur einen Funken Menschenkenntnis hat, der weiß, wer der Brandstifter ist.“ Jörg fuhr auf, als hätte man ihn mit einer glühenden Nadel gestochen. „Was willst du damit sagen?!“

Vio sah ihm gerade in die Augen. Er konnte ihren Blick nicht aushalten, sondern drehte sich weg. Und auf einmal fühlte ich mich, als wär ich ein Korken, der mit

Schwung aus dem engen Flaschenhals ins Freie springt: Plopp. So froh und leicht.

Paps war ziemlich geschockt, als er von der Brandgeschichte erfuhr. Als Junge hatte er anderen oft Streiche gespielt. Nun fürchtete er wohl, das hätte sich auf mich vererbt. Aber Mam blieb ruhig. Sie weiß, ich habe es nicht nötig, mich durch solche Aktionen wichtig zu machen; das ist nicht mein Stil. Sie hat auch sofort verstanden, warum ich mich für Jörg einsetze.

Paps beruhigte sich bald wieder, denn die 250 Mark für die Feuerwache und die beiden verbrannten Dekken bezahle ich von meinem Sparkonto. Eigentlich wollte ich mir ein Mountain-Bike kaufen, aber das muß eben noch warten. Mein Zahn wird auch etwas kosten; ich hoffe, das übernimmt die Krankenversicherung. Und was meinen guten Ruf in der Schule betrifft, hatte Paps auch gleich einen schlauen Spruch auf Lager: „Ist der Ruf erst ruiniert, lebt es sich ganz ungeniert."

Na ja, das war mein Tag. Und wenn mich einer fragen würde, was ich heute am aufregendsten fand, dann sage ich ohne Zögern: Violas Augen in der Deutschstunde. Augen wie ein Brunnen. Diesen Blick werde ich nie vergessen. Das ist ein Mädchen! Aber eins wüßte ich doch zu gern – was hat der Lehrer bloß gefragt?

## *Was will ich mehr?*

*Ich bin glücklich. Eine Million im Lotto gewinnen ist nichts dagegen. Heute hat mir Chris vor versammelter*

*Klasse eine Liebeserklärung gemacht. Keine Ahnung, was er sich dabei dachte. Dabei war er in den letzten Tagen reichlich kühl zu mir. Und ich laufe ihm nicht nach. Ich war genauso cool und hab ihn behandelt wie einen Halbfremden. Dabei hatte ich innen schon einen Knoten, weil mir Chris so viel bedeutet. Wie viel, das wurde mir heute so richtig klar. Und das kam so: Es war im Unterricht – Deutsch – einigermaßen langweilig wie immer. Auf einmal schaute Chris mich an, und ich schaute zurück, und da hatte ich das Gefühl, als würden wir uns regelrecht aneinander festsaugen. So was hab ich noch nie erlebt. Mir lief ein kalter Schauer den Rücken rauf und runter. Ich weiß nicht, wie lange das so ging. Jedenfalls hatte der Lehrer was gemerkt und sagte zu Chris: „Na, junger Mann, Sie treiben ja äußerst intensive Charakterstudien!" Chris gab keine Antwort, er schaute immer noch zu mir rüber. Da stellte sich der Lehrer ganz dicht vor ihn hin und fragte: „Sie sind wohl total verschossen? Hin und weg. Ja, Hauser, Sie sind gemeint!" Und Chris sprang hoch, salutierte zackig und rief: „Melde gehorsamst, daß ... Ja, Herr Hauptmann!"*

*Die Klasse brüllte vor Lachen, aber das war mir egal. Chris liebt mich! Er hat es laut gesagt! Er hatte ja gar nicht Schluß gemacht, damals im Auto! Wie konnte ich nur so dumm sein! Ich habe wirklich keine Ahnung von der Liebe.*

*Nachher ist noch was passiert. In der Pause ging Jörg ganz nah an mir vorüber und knurrte mich an: „Das wirst du noch bereuen!" Ich wußte nicht, was er meint. Sandra vermutet, der Jörg hätte sich Hoffnungen auf mich gemacht. Nur weil ich ab und zu mit ihm rede.*

*Dann fand Chris einen Zettel auf dem Pult; er sollte etwas im Keller erledigen. Er rannte gleich weg und kam lange nicht zurück. Irgendwie hatte ich ein mulmiges Gefühl, und als dann die Feuerglocke durch die Gänge schrillte, stieg Panik in mir hoch. Wo war Chris? Und wo war Jörg?*

*Der Hausmeister hastete vorüber und rief uns über die Schulter zu: „Der Hauser hat im Keller Feuer gelegt!" So ein Quatsch! Chris als Brandstifter! Warum sollte er so etwas Verrücktes tun? Am liebsten wäre ich gleich die Treppe runtergestürmt – vielleicht brauchte Chris Hilfe? Vielleicht war er in Gefahr? Oder verletzt?*

*Dann kam Jörg die Stufen herauf – wie Batman persönlich. Ich sah ihn an, und mir wurde übel, so hochmütig war das Gesicht, das er zog. Aber dann entdeckte ich etwas in seinen Augen, was ich nie vermutet hätte – Angst und Trauer. Er wirkte wie ein kleines, verlorenes Kind. Und da konnte ich ihm nicht böse sein – ich darf doch nicht zerstören, was Chris aufbauen will. Jörg braucht Menschen, die ihn mögen. Sonst kommt er nie aus seiner Rille. Sonst wird er immer andere beneiden, dumme Streiche aushecken und dann in Selbstmitleid baden. Wir müssen ihm helfen.*

*Trotzdem wurmt es mich, daß Chris als Zündelheini dasteht, oder wie unser Deutschlehrer sagen würde: „Psychopathischer Pyromane." Er war es nicht! Ich habe überlegt, ob ich mit dem Rektor reden soll. Aber ich kann nichts beweisen. Außerdem wäre es für Jörg schlimm, wenn die Wahrheit herauskäme. Dann hab ich mir das Telefon geschnappt und einfach bei Hausers angerufen.*

*Frau Hauser war am Apparat. Sie weiß, daß Chris unschuldig ist. Und sie meint, wir sollten es lassen, wie es jetzt ist.*

*„Chris hat das auf sich genommen. Absichtlich und bewußt. Das wird ihn nicht umbringen. Mit dem Rek-*

*tor werden wir uns einigen. Ich glaube, er ahnt etwas." Und dann lud sie mich für Sonntag ein: Ich darf mitwandern im Odenwald. Ich freu mich so! Einen ganzen Tag lang Chris! Aber ein bißchen Herzklopfen hab ich auch. Immerhin ist Herr Hauser Professor. Und ich weiß nicht, wie das ist: Familie. Eine richtige Familie mit Vater, Mutter, Schwester und Bruder. Ach, sie werden mich schon nicht fressen! Chris ist da, und was hat er gesagt? „Melde gehorsamst, daß ... Ja, Herr Hauptmann!" Was will ich mehr?*

## *Fühlt sich an wie Seide*

Das Glück hat einen Namen: Viola. *Viola.* Ihr Name kreist in meinem Denken wie ein Ohrwurm, wie eine Melodie, die man nicht mehr los wird. Habe ich vorher überhaupt gelebt? Oder bin ich heute erst geboren worden?

Wir sind um 9 Uhr losgefahren, haben Vio abgeholt. Sie stand schon an der Tür, als ich hupte. Jawohl, ich saß am Steuer und Paps mit Luchsaugen daneben. Er war beeindruckt, daß Vio sofort herunterkam. Er sagte: „Alle Achtung, endlich mal eine Frau, auf die man nicht warten muß!" Mam und Katrin protestierten, weil sie es hassen, wenn Paps verallgemeinert. Paps denkt normalerweise auch nicht in Schubladen – „die Frauen" oder „die Türken" oder „die Politiker". Für ihn ist jeder Mensch ein Einzelstück. Einmalig. Nicht zu ersetzen. Aber es macht ihm trotzdem Spaß, unsere „Frauen" ein bißchen zu necken. Aus Liebe natürlich.

Vio sah hinreißend aus. Sie hatte eine neue Jeans an und ein Shirt, das sie selbst bemalt hat: ein Leuchtturm, zwei Klippen, drei Möwen und jede Menge dunkelblaues Meer. Das Haar hatte sie mit einem Seidentuch zusammengebunden. Und ihre Augen tanzten, als sie mich ansah. Es war gut, daß Vio hinten sitzen mußte, sonst wäre ich bestimmt von der Fahrbahn abgekommen.

Katrin und Mam verwickelten Vio sofort ins Gespräch, aber nicht so, daß es auffiel. Es kam ganz natürlich. Sie mögen sich, die drei. Paps sagte nichts, was bei ihm selten vorkommt. Er lächelte öfter mal vor sich hin.

Dann waren wir endlich am Naturpark angekommen. Wir holten unsere Rucksäcke mit dem Proviant, füllten die Trinkflaschen an der Quelle – Paps besteht darauf, daß wir regelmäßig Wasser trinken, wenn wir wandern, man hält dann länger durch. Zuerst gingen wir alle fünf nebeneinander. Aber dann wurde der Weg schmal. Vio kam zu mir nach hinten; keine Ahnung, wie sie das geschafft hat. Zuerst unterhielten wir uns über die Schule und über das Wetter und tausend unwichtige Dinge. Dann kam eine steile Stelle, da hatte ein Erdrutsch den Weg weggerissen. Ich sprang voraus und reichte ihr die Hand zur Stütze. Sie strahlte auf wie die Festbeleuchtung an Weihnachten! Als der Weg dann wieder breit wurde, vergaß sie ihre Hand in meiner ... Mir wurde warm dabei, und auf einmal fiel mir nichts Vernünftiges mehr ein. Also haben wir geschwiegen und uns ab und zu angelächelt.

Mittags haben wir auf „unserer" Waldwiese gerastet. Mam packte das Essen aus, Vollkornbrötchen und Erdbeeren und einen Obstkorb – groß wie ein Elefantenschädel. Katrin vertiefte sich in ihr Referat, das sie am Montag halten muß – ihr armen Studenten, wann lebt ihr eigentlich? –, und Paps und Mam machten es sich auf der Decke gemütlich. Ein Vogel hatte sich am Fußende der Decke verewigt, und Paps mußte natürlich wieder seinen Wilhelm Busch zitieren: „Pitschkleck – ein Schreck – im Buch ein Fleck, erleichtert fliegt das Vöglein weg."

Viola lachte. Paps scheint sie sehr zu beeindrucken. Mich juckte es in den Füßen, als hätte ich tausend Ameisen in den Socken – diese Herumliegerei war einfach langweilig; zumal Vio am anderen Ende der Decke hockte. Ich sprang auf: „Vio, hier in der Nähe gibt es eine Quelle. Hast du Durst? Dann können wir dort unsere Flaschen auffüllen!" Ich fürchtete nur, daß Paps einwenden könnte: „Gleich nach dem Essen trinkt man nicht!" oder „Bloß kein Wasser auf das Obst gießen!" Er hat ja recht, bloß in diesem Fall ... Aber Paps war anderweitig beschäftigt. Er flirtete gerade mit Mam.

Vio stand auf und kam mit mir. Wir mußten durchs Unterholz kriechen, über den Bach springen, auf Baumstämmen balancieren. Vio kann das sehr gut. Sie bewegte sich wie eine Tänzerin auf dem schmalen Balken. In einem uralten Buch habe ich ein Wort gelesen, das Vio treffend beschreibt: Anmut. Irgendwann muß ich ihr das einmal sagen. Hoffentlich werde ich dabei nicht rot.

Dann hatten wir die kleine Lichtung erreicht. Wir fanden die Quelle; sie ist immer noch so rein wie beim letzten Mal. Das Wasser sprudelt über einen Sandstreifen und ist glasklar. Vio schaute hinein, und ich lugte über ihre Schulter. Als sich unsere Blicke trafen, ging es mir wie ein Stromschlag durch und durch. Ich konnte nicht anders – ich mußte sie in den Arm nehmen. Sie lehnte sich mit dem Kopf unter mein Kinn, als wollte sie erst Mut schöpfen. Dann hob sie mir ihr Gesicht entgegen. Ich ging eine Weile mit den Augen darin spazieren. Sollte das wirklich mir gehören? Durfte ich diese Stirn küssen, oder sogar – ihren Mund? Ich wagte es kaum. Unsere Lippen berührten sich, und da stieg es in mir hoch wie eine heiße Woge. Es begann zu rauschen in meinem Kopf, und ich packte Vio so fest, daß sie stöhnte. Da kam ich wieder zu mir – was hatte mir Katrin noch gestern abend eingehämmert?

„Hüte dich davor, den Kopf zu verlieren! Du mußt dich immer im Griff haben." Und noch etwas anderes fiel mir ein: „Liebe heißt, den anderen glücklich machen. Vergiß nie über deinem eigenen Glück die Gefühle deiner Partnerin."

Ach, das ist leicht gesagt. Ich muß gestehen, ich war berauscht – trunken vor Glück, die Wirklichkeit war nur noch eine Kulisse für den lauten Gesang in meinen Adern.

Vio hatte die Augen geschlossen, als ich mich behutsam von ihr löste. Ich wußte nicht, was sie dachte. Wir setzten uns ins warme Moos am Bachufer. Nach einer Weile ließen wir uns zurücksinken. Eine Hummel brummte im Heidekraut. Über uns schwankte die Kiefer sachte hin und her. Der Himmel war tiefblau, nur selten segelte eine Wolke darüber hin. Ich hätte endlos so liegen können, Vios Kopf auf meiner Brust, ihre Haarsträhnen an meinem Hals. Wir haben nicht geredet, wollten diese schöne Stunde nicht zerstören durch nichtssagende Worte. Dann ein Pfiff: Paps rief zum Aufbruch. Wir rappelten uns hoch. Vio hob das Seidentuch auf – ihr Pferdeschwanz hatte sich längst in eine Mähne verwandelt – und knotete es um unsere Handgelenke. So gingen wir zurück zu den anderen. Wir gingen wie im Traum.

Paps sagte nichts, und auch die anderen schwiegen auf dem Rückweg. Als ich die Fahrertür aufschließen wollte, schüttelte er den Kopf und wies nach hinten. Wie gut er sich in mich hineindenken kann! Wir saßen ganz dicht nebeneinander. Katrin hätte Walzer tanzen können auf ihrer Seite, soviel Platz haben wir ihr gelassen. Als Vio aus dem Wagen stieg, war mir, als hätte sich die Sonne verdunkelt. Dabei war es erst halb sechs. Viola. Morgen sehe ich sie wieder. Erst morgen. Noch zwölf lange Stunden. Wie halte ich das bloß aus?

Übrigens: es fühlt sich wirklich an wie Seide, ihr Haar.

## *Ein Stück vom Paradies*

*Der Tag wurde ganz anders, als ich dachte, aber ich bin glücklich. Ich sitze hier draußen auf dem Balkon, damit ich Chris ein paar Meter näher bin. Vielleicht kommt er noch einmal vorbei – heute wird Vollmond sein. Ach, ich bin ja verrückt. Chris wird Muskelkater haben nach diesem Marsch. Ich hoffe, er legt sich in die heiße Badewanne und schläft sich aus. Das ist viel besser als Mondscheinspaziergänge. Obwohl – schön wär's schon. Eine laue Nacht, der Wind zaust die Trauerweide vor meinem Fenster, ein warmer Wind.*

*Ja, die Familie Hauser ist in Ordnung. Chris weiß gar nicht, wie gut er es hat – ein Vater, der wirklich da ist, dessen Name nicht nur auf dem Geburtsschein steht. Eine Mutter, die Verständnis hat und Interesse. Eine Schwester, mit der man über alles reden kann. Jedenfalls sieht sie so aus. Sie ist auch rothaarig, und es steht ihr. Sie trägt eine runde Brille und hat jede Menge Som-*

*mersprossen auf der Nase. Sie wirkt lustig, aber ich merke, sie kann auch sehr ernst sein. Bestimmt lästert sie nicht über andere Leute wie die Mädchen in meiner Klasse. Ob sie weiß, wie man Jörg helfen kann?*

*Die Mutter gefällt mir auch gut. Ich kenne sie ja schon ein bißchen. Sie hat mir jedesmal lieb zugelächelt, wenn wir uns anschauten. Einmal erwischte ich mich bei der Vorstellung, wie schön es sein müßte, auf ihrem Schoß zu sitzen. Ich, ein siebzehnjähriges Mädchen, und, wie alle aus meiner Klasse bestätigen können – „restlos cool". Ich kenne mich selber nicht mehr wieder.*

*Vor Herrn Hauser habe ich großen Respekt. Er hat nicht viel gesagt, aber er schaute mich öfter sehr nachdenklich an. Nicht so, als würde er mich abschätzen. Eher so, als wollte er in mir lesen. Ich war etwas unsicher in seiner Nähe. Ich weiß nicht, was man mit Vätern anfängt. Und er ist so anders als die Männer, die meine Mutter anschleppt.*

*Und Chris? Chris ist wunderbar. Zuerst fuhren wir mit dem Auto ein langes Stück. Ich saß hinten und konnte seine klugen Augen im Rückspiegel sehen. Ich glaube, er hat mehr nach hinten geguckt als auf die Fahrbahn. Dann sind wir losgewandert. Katrin hat mit mir geredet, das war schön. Aber ich wäre auch gern mit Chris zusammengewesen.*

*„Wo er nur immer steckt?!" dachte ich. Ich hab mich dann gebückt, um mir den Turnschuh neu zu binden, bis alle an mir vorbeimarschiert waren; Chris war der letzte. Endlich!*

*Wir haben geplaudert, was man halt so sagt, wenn man noch ein bißchen verlegen ist und sich nicht traut, die drei Worte herauszulassen, die schon hinter den Schneidezähnen Schlange stehen: „Ich liebe dich! Ich liebe dich!" Aber so was kann man ja nicht sagen, wenn man ein Mädchen ist. Da muß schon der Junge den Anfang machen, oder?*

*Also, wir wanderten, bis mir die Sohlen glühten. Zum Glück kam eine gefährliche Stelle. Der Weg hörte einfach auf und ging erst nach 2 Metern drüben weiter, dazwischen ein Riß im Berg. Chris machte einen Panthersatz zur anderen Seite und reichte mir die Hand. Er ist so ritterlich! Ich fand es gut, daß er sich nicht gleich wieder zurückzog. Hand in Hand mit ihm – das ist schön! Ich hätte singen können, aber ich habe mich nicht getraut. Noch nicht.*

*Mittags machten wir Rast. Frau Hauser hatte fantastische Brötchen gebacken. Ich könnte mich daran totessen! Bei uns gibt es nur schnelle Küche, und das ist auf die Dauer nichts Handfestes. Man sieht es den Hausers an, daß sie wissen, wie man mit seinem Körper umgeht. So was interessiert mich. Ich habe es satt, ewig mit Kopfschmerzen rumzuhängen.*

*Dann bin ich mit Chris zu einer Quelle gegangen. Dort war es unsagbar romantisch. Wenn es wirklich ein Paradies auf der Erde gegeben hat, dann muß es dort gewesen sein. Ich hatte das Gefühl, als wäre ich nach Hause gekommen. Und dann hat Chris mich geküßt. Seine Lippen waren wie zwei sonnenwarme Rosenblätter, so zart.*

*Ich dachte: „Das erlebst du gar nicht wirklich. Das ist ein Traum. Nur nicht bewegen, sonst wachst du auf!"*

*Aber es war kein Traum. Chris wurde leidenschaftlich. Da bekam ich fast ein bißchen Angst, er würde davongaloppieren und mich allein zurücklassen; aber dann erinnerte er sich wieder an mich. Wir haben lange auf dieser Lichtung gelegen, Arm in Arm, und ich wuß-*

*te: Hier will ich nie mehr fort. Ich preßte die Augen zu und wünschte mir ganz fest, daß Chris und ich ein Paar werden. Ich glaube, wenn man etwas will, mit aller Kraft will, dann geschieht es auch. Und dann dachte ich mir ein Orakel aus: Wenn Chris genau in drei Sekunden über mein Haar streicht, bleiben wir für immer zusammen. Und tatsächlich hat Chris genau im richtigen Moment mein Haar gestreichelt. Jetzt weiß ich es – wir werden ein Paar. Damit er es auch weiß, hab ich uns das Seidentuch um die Hände gewickelt. Seide bindet nämlich. Für alle Zeit und Ewigkeit.*

*Aber jetzt, zu Hause, habe ich noch mal nachgedacht, ob das mit dem Orakel nicht nur Zufall gewesen sein könnte. Ich habe mir noch eins ausgedacht, zur Sicherheit. Ob es sich erfüllt?*

*Es ist schon nach zwölf, der Mond hat sich hinter dem Hochhaus verkrochen. Der kommt heute nicht mehr raus – und Chris? Ich bin gespannt.*

## *Rose mit Dornen*

Heute habe ich glatt verschlafen. Kein Wunder, nach diesem Tag. Außerdem bin ich in der Nacht dreimal an Vios Haus vorbeigewandert, um eins, um zwei, und dann um drei. Ich konnte nicht einschlafen, so weit von ihr entfernt. Ich stand lange unter ihrem Balkon, bis mir kalt wurde. Beim dritten Mal warf ich ihr eine Margerite hinauf. Eine Rose wäre stilvoller gewesen, aber wir hatten keine im Garten. Margeriten sind auch hübsch, sie haben so fröhliche Blumengesichter. So wünsche ich mir unsere Freundschaft: offen, klar und hell.

Beim Frühstück meinte Paps: „Verliebtheit ist ein pathologischer Zustand, der einer Geisteskrankheit zum Verwechseln ähnlich sieht." Mam mußte lachen, und Katrin wurde dunkelrot, weil sie dachte, Paps hätte ihr was angemerkt. Da gibt es nämlich einen Assistenzarzt in seiner Klinik, der sie öfter mal anruft. Ich nenne ihn den „Mond", weil er sie umkreist wie der Mond die Erde – in gebührendem Abstand, mal näher, mal weiter weg. Aber Paps hatte Katrin gar nicht gemeint. Er sagte weiter: „Unser lieber Christian nachtwandelt bei Vollmond. Und zwar die ganze Nacht. Das war heute ein Getrappel auf der Treppe!"

Dabei war ich so leise gewesen. Extra auf Strümpfen, die Schuhe in der Hand. Aber ich weiß schon, die dritte Stufe ist schuld daran, die knarrt immer.

Mam lächelte mir zu. Sie kann sehr ironisch sein, aber wenn mir etwas wichtig und heilig ist, dann spottet sie nicht darüber. Nie!

Nach einer Weile fragte sie mich: „Hast du heute abend ein Stündchen Zeit? Oma feiert ihren 70. Geburtstag; da wollen wir hin. Katrin läßt ihren Nähkurs ausfallen, und Paps hat schon den Dienstplan umgestellt."

Ausgerechnet heute! Obwohl – morgen wäre es dasselbe, ich möchte jetzt immer abends mit Vio zusammensein. Wenn sie will. Andererseits würde Oma enttäuscht sein, wenn ich nicht käme. Ich hänge an ihr; sie hat mir früher immer so spannende Geschichten erzählt. Ich wollte beides: Oma eine Freude machen und mit Vio zusammensein.

„Und wenn ich Vio einfach mitbringe?" überlegte ich. Mam zuckte die Achseln. „Frag Oma."

Das war die Lösung – ein Anruf, und der Abend ist gerettet! Ich wollte schon aufspringen, da ermahnte mich Paps – nach dem Motto „Erinnerungen an die Wirklichkeit": „Sprich erst mal mit Viola. Du kannst doch nicht einfach über sie verfügen!" Ach ja. Es ist doch gut, wenn man Eltern hat, die mitdenken.

Leider kam ich zu spät zum Unterricht, aber weil mir das sonst nie passiert, drückte der Deutschlehrer ein Auge zu. Vio sah müde aus, hatte dunkle Ringe unter den Augen. War sie krank? Irgendwas bedrückte sie. Als sie mich sah, lächelte sie ihr Vio-Spezial-Lächeln, bis man das Grübchen sah. Ehrlich gesagt habe ich heute nicht viel vom Unterricht mitbekommen. War wie in Trance und schaute nur immer zu ihr hinüber. Dann kam Englisch. Der Lehrer kommandierte: „Hefte und Bücher weg, wir schreiben einen Test." Auweia! Und ich hatte gestern abend noch lernen wollen! Mein Tischnachbar sah mich am Kuli knabbern und schob mir hilfsbereit sein Heft entgegen. Aber soweit erniedrige ich mich nicht! Lieber eine ehrliche Fünf als eine geschummelte Zwei. Das kann wohl keiner verstehen. Die anderen in der Klasse finden mich da verbohrt und engstirnig. Aber für mich ist das eine Frage der Ehre.

„Ehrlichkeit ist die kleine Schwester der Ehre", sagt Paps, und das sehe ich genauso. Ein paar Vokabeln wußte ich noch, weil ich letzte Woche im Unterricht gut aufgepaßt hatte.

Nach dem letzten Klingeln wollte ich zu Vio hin, aber Jörg schnitt mir den Weg ab. Er schaute zu Boden und sagte leise: „Du, das mit letzter Woche, das ... das tut mir leid." Auf einmal perlte es wie Sprudel in mir hoch, bis in mein Gesicht und in die Augen: Freude! Ich konnte nicht anders, ich hatte ihn in diesem Augenblick gern. Einfach gern. Das muß er gemerkt haben, denn nun sah er mich offen an.

„Wenn ich in den Sommerferien einen Job kriege, dann zahle ich dir das Geld zurück." Zuerst wollte ich ablehnen, aber dann dachte ich, warum eigentlich nicht? Auch er hat seine Ehre.

„Ist in Ordnung", sagte ich lächelnd. Er lächelte zurück. Dann wurde er wieder ernst.

„Und dein Zahn?"

Ich sagte: „Weißt du, die Zahnärzte wollen auch leben. Jetzt laß dir mal deswegen keine grauen Haare wachsen." Jörg seufzte erleichtert und nahm die Schultern zurück. Eigentlich macht er eine ganz gute Figur, wenn er gerade steht.

„Nächsten Mittwoch hab ich Geburtstag. Da würde ich dich gerne einladen. Vielleicht noch ein paar andere aus der Klasse – und Vio."

Zuerst freute ich mich. Das waren ja ganz neue Töne! Er suchte Freundschaft – die sollte er haben. Aber ein Wörtchen verhakte sich in meinem Hirn: Vio.

Was hatte er mit Vio zu schaffen? Womöglich war er auch in Vio verliebt? Jörg und ich als Rivalen – zum Lachen! Zum Weinen! Und jetzt lud er uns beide zu seiner Party ein.

Hoffentlich ist das kein fauler Trick, um mir die Vio auszuspannen, dachte ich.

„Vio hat schon zugesagt!" beteuerte er, und er sagte das so selbstsicher, daß ich einen schalen Geschmack im Mund bekam. Plötzlich war alle Freude verflogen, und ich fühlte mich ausgepumpt und leer.

„Mal sehen", sagte ich lahm, „ich werde es mir überlegen."

Wir hatten ein Stück gemeinsamen Heimweg, Vio und ich. Am liebsten hätte ich sie in den Arm genommen, aber vor den anderen? Nein. Daß wir uns so nahe sind, das geht niemanden etwas an. In der U-Bahn konnte ich ganz unauffällig ihre Hand halten – zwischen den Sitzen. Es macht Spaß, ein Geheimnis zu haben.

Ich fragte: „Vio, hast du heute abend Zeit für mich?" Sie nickte.

„Natürlich. Alle Zeit der Welt."

Fantastisch. Nächste Hürde: „Vio, heute abend feiert meine Oma ihren Siebzigsten. Sie hat uns eingeladen." Vio war überrascht.

„Mich auch?“

Ich sagte: „Ja, dich auch“, obwohl ich das noch gar nicht wußte. Etwas mulmig war mir dabei – normalerweise halte ich mich an die Wahrheit, aber das hier war für einen guten Zweck. Oder etwa nicht?

„Ich komme gern! Ich schwärme für Familienfeiern“, meinte Vio.

„Na ja, du hast vielleicht noch nicht so viele ertragen müssen wie ich“, seufzte ich, aber im Grunde macht mir so was auch Spaß. Wir verabredeten uns für sieben Uhr, und ich war erleichtert. Jetzt mußte ich nur noch Oma überreden.

Dann kam Vio auf Jörg zu sprechen. „Es hängt viel davon ab, wie wir diese Chance nutzen. Wir müssen ihm zeigen, daß wir ihn mögen. Wollen wir ihm zusammen ein Geschenk kaufen?“

Sie hatte ja auf einmal eine Riesensympathie für diesen Knaben.

„Ich dachte immer, er geht dir auf die Nerven?“ forschte ich, aber Vio überhörte es taktvoll.

„Vielleicht schenken wir ihm ein Buch über Fotografie, das interessiert ihn“, schlug Vio vor.

*Ja, und eine Torte! Und eine teure Geburtstagskarte! Einen Orchideenstrauß! Womöglich noch mit Schleife!* In meiner Schläfe hämmerte ein Specht.

„Woher weißt du so genau Bescheid über seine Hobbys?“ bohrte ich.

„Das hat er mir mal erzählt. Weißt du, er hat fast niemanden, mit dem er reden kann. Alle weisen ihn ab.“

„Kein Wunder, wenn er immer so ungepflegt rumläuft“, knurrte ich und zog meine Hand aus ihrer.

Jörg, immer nur Jörg. Jawohl, ich will ihm helfen.

Ich möchte ihn gernhaben. Aber warum mußte sich Vio da reinhängen? Ich ging zum Angriff über.

„Hör mal, wie wäre das, wenn ich allein zu seiner Geburtstagsparty ginge?"

„Wieso denn das – ich bin doch auch eingeladen?"

„Na ja, du gehst doch nur hin, damit er aufgebaut wird. Das kann ich doch auch allein. Da kannst du dir die Mühe sparen." Oh nein, wie plump!

„Chris, was ist auf einmal mit dir los?"

Ich schwieg eine Weile. Dann platzte ich heraus: „Ist das so schwer zu begreifen? Er ist in dich verliebt, und ich möchte nicht, daß du zu ihm hingehst."

„Hör mal, du verfügst ja richtig über mich. Wir sind hier nicht im Orient, wo die Männer ihre Frauen herumkommandieren."

„Ich will dich doch nicht ... ich möchte nur ... ach, egal, reden wir über was anderes."

„Nein, reden wir über nichts anderes." Ihre Stimme – ein hoher Diskant, wie meine Fahrradklingel. Sie holte tief Luft. Allegro furioso: „Das muß geklärt werden, ein für allemal. Wenn ich irgendwo hingehen will, dann gehe ich auch." Fortissimo. „Da lasse ich mir von dir nicht reinreden. Ist das klar?"

Mannomann, war mir das peinlich! Die Leute drehten sich nach uns um. Eine Dame im besten Alter mischte sich ein: „Bravo, laß dir nur nichts von ihm gefallen. Alles Machos, die Männer von heute. Und dann noch gefärbtes Haar!"

Vios Zorn hatte ein neues Ziel gefunden. „Nein, es ist echt, der ganze Kerl ist übrigens echt, und Sie halten sich da gefälligst raus, ja?"

Ich hatte Vio noch nie so wütend gesehen. Ich legte ihr die Hand auf den Arm, aber das war wohl falsch.

„Laß deine Finger weg!“ fauchte sie. Und bis zum Aussteigen redeten wir kein Wort miteinander. Dann sagte ich: „Vio, komm, wir vertragen uns wieder.“ Aber sie war immer noch knurrig.

„Wenn deine Oma genauso ist wie du, dann verzichte ich auf diese Feier.“

Es war zum Lachen, aber ich ärgerte mich darüber und sagte: „Also gut, dann eben nicht. Dann gehe ich heute abend allein.“ Drehte mich um und ließ sie stehen. Am liebsten wäre ich gleich wieder umgekehrt und hätte sie in den Arm genommen. Aber da hab ich auch meinen Stolz.

Der Nachmittag war fürchterlich. Ich konnte mich auf nichts konzentrieren. Ich dachte nur an Vio, grübelte darüber nach, was ich unternehmen könnte, damit wir uns wieder versöhnen. Mir fiel nichts ein. *Nichts*.

Gegen fünf rief sie an. Mit einer Kühlhausstimme: „Wenn du Lust hast, kannst du rüberkommen.“

Ich erinnerte sie an die Geburtstagsfeier. Sie sagte: „Du mußt dir überlegen, wer dir wichtiger ist – deine Oma oder ich.“

Ich konterte: „Und du mußt dich entscheiden, wen du lieber magst – Jörg oder mich.“

„Das ist doch gar nicht das Problem. Dem Jörg will ich nur helfen, nichts weiter.“

„Aber du machst ihm schöne Augen“, wühlte ich weiter und hätte mir am liebsten die Zunge abgebissen.

„Und wenn schon – ich bin ja nicht mit dir verheiratet!“ blaffte sie und legte auf.

Der Abend bei Oma war verkorkst. Ich hörte nur mit halbem Ohr zu, was sie erzählte. Das mache ich sonst nie. Bisher war ich der Meinung, daß man dem anderen richtig zuhören sollte. Mit Herz und Hirn und beiden Ohren. Der andere hat ein Recht darauf, denn ich wünsche mir dasselbe von ihm. Aber es ging mir wie ein Mühlrad im Kopf herum: *„... und wenn schon – und wenn schon."*

„Was ist heute nur mit dir los?" wunderte sich Oma. Mam antwortete an meiner Stelle: „Chris ist verliebt."

„Ach so! Na, dann meinen Glückwunsch. Oder soll ich sagen: Herzliches Beileid?"

Ja. Irgendwie paßt beides. Ich habe mir die Liebe anders vorgestellt. Einfacher. Wie eine Margerite. Aber Vio ist eher wie eine Rose; mit Dornen. Mit vielen Dornen.

Und plötzlich weiß ich, als hätte einer den Vorhang beiseitegezogen, der die Zukunft verhüllt: Ich werde mich an Vio wundreiben. Ich werde mir an ihr das Herz zerfetzen. Es wäre besser, Schluß zu machen. Heute.

Was hat Vio damals im Auto gesagt: „Vielleicht steigst du vorher aus und läßt mich allein weiterfahren?" Jetzt bin ich an solch einer Stelle angelangt. Ich muß mich entscheiden. Aber ich kann nicht. Ich will sie nicht loslassen. Ich hänge fest.

## *Szenen, Szenen und Theater*

*Es ist halb elf, und Chris hat nicht mehr angerufen. Ist auch kein Wunder, nach der Szene, die ich ihm gemacht habe. Es tut mir unendlich leid. Warum bin ich bloß so kratzbürstig – das ist doch sonst nicht meine Art? Ich kann es nicht fassen, daß nur ein paar Stunden zwischen gestern und heute liegen, zwischen Himmel und*

*Hölle. Warum nur? Was ist bloß schiefgelaufen? Habe letzte Nacht nicht geschlafen, sondern mit der Matratze auf dem Balkon gelegen. Gegen drei wurde es lausig kalt, aber ich hielt aus. Keine Spur von Chris. Vielleicht bin ich doch kurz eingenickt, denn auf einmal lag eine Margerite auf dem Boden. Die muß der Wind von einem anderen Balkon heruntergeweht haben. Jedenfalls war ich enttäuscht, daß Chris nicht noch einmal vorbeigekommen ist – nach allem, was wir gemeinsam erlebt haben. Denn ich hatte mir ein zweites Orakel ausgedacht: Wenn sich Chris noch einmal meldet, wenn er abends vorbeikommt, und wenn auch nur auf einen Sprung, dann ist er der Richtige. Der Mann fürs Leben. Aber er ist nicht gekommen. Jetzt hab ich ein Ja und ein Nein. Unentschieden. Auf Orakel ist wohl doch kein Verlaß. Es ist noch alles offen.*

*In der Schule bekam ich Kopfweh. Muß mich erkältet haben – alles wegen Chris! Der war ziemlich mufflig, verschlafen, möchte wissen warum. Kriegte kaum den Mund auf. Dann der Englischtest. Ich war gespannt, ob Chris auf Andis Heft schielen würde. Hat er aber nicht getan. Ich glaube, er spickt nie. So ein Heiliger ist das! Der meint, er müßte alles richtig machen. Aber wenn er anders wäre, dann wäre er nicht Chris.*

*Einen Lichtblick gab es doch in der Schule: Jörg. Der war wie ausgewechselt. Er hatte sich sogar die Haare gewaschen. Wir plauderten eine Weile, er war sehr höflich und aufmerksam, und dann lud er mich zu seinem Geburtstag ein. Zusammen mit Chris, versteht sich. Ich habe mich gefreut. Was Chris damals für ihn getan hat, war also doch nicht für die Katz.*

*Ich dachte, Chris müßte das merken, darüber glück-*

*lich sein. Aber er war wie vernagelt. Ich wußte lange nicht, was mit ihm los ist, bis mir der Kronleuchter aufging: Er ist eifersüchtig!*

*Zuerst tat er mir leid. Das muß ja ein gräßliches Gefühl sein. Aber dann fiel mir ein, was Sandra gesagt hat – und sie kennt sich aus, sie hat schon den sechsten Freund in diesem Jahr: „Eifersucht heizt die Liebe an. Mach dich ein bißchen rar. Laß die Männer nicht spüren, wie gern du sie hast. Sie sollen dir nachlaufen, nicht umgekehrt."*

*Also hab ich es genauso gemacht. Aber es hat nicht funktioniert. Vielleicht ist Chris anders als die anderen?*

*Mein Theater hat seine Liebe nicht angestachelt, im Gegenteil. Er hat nicht um mich gekämpft, er hat gegen mich gekämpft. Er hat versucht, mir seinen Willen aufzuzwingen. Wenn ich etwas nicht ausstehen kann, dann das.*

*Wir haben uns richtig gezankt. Ich mag unsere Worte nicht wiederholen, denn ich schäme mich. Mein Stolz soufflierte mir den Text, aber es war die falsche Szene. Ich habe alles verdorben. Ob ich Chris verloren habe? Für immer – verloren?*

## *Medizin gegen Eifersucht*

Heute früh nahm ich wieder mal die Bibel zur Hand. Eigentlich ist es eine kleine Bücherei aus 70 Einzelbüchern. Mich fasziniert es, wie so viele unterschiedliche Autoren in so verschiedenen Epochen doch immer wieder zum gleichen Schluß kamen: „Wir Menschen können aus eigener Kraft nicht gut sein. Wir brauchen einen, der über uns steht. Der sich um uns kümmert. Der uns die Brille geraderückt. Wir brauchen Gott." Ich kann gar nicht verstehen, warum ich fast eine Woche nicht in meiner Bibel gelesen habe; wahrscheinlich war Vio in meinen Gedanken so groß, daß alles andere neben ihr verblaßte. Mit solchen Zuständen habe ich immer schlechte Erfahrungen gemacht. Und jetzt brauche ich Rat, denn ich bin durcheinander und traurig. Ich lese gerade die Sprüche, die der hebräische König Salomo schrieb. Paps' Vorliebe für Sprichwörter hat sich wohl „sprichwörtlich" auf mich vererbt.

Und da steht: „Ein ausgeglichener Sinn erhält den Körper gesund; aber Eifersucht ist wie ein Krebsgeschwulst." (Sprüche 14,30.) Mannomann. Krebs! Tödlich! Ein Stück weiter hinten fand ich einen ähnlichen Text: „Zorn ist grausam und Wut wie überschäumendes Wasser; doch noch unerträglicher ist die Eifersucht." (27,4). Ich habe dann im Stichwortverzeichnis unter Neid und Eifersucht gesucht und alle Stellen nachgeschlagen: Lüge, Verrat, Mord und Totschlag. Alles aus Eifersucht. Am stärksten beeindruckt mich, was ein Autor namens Jakobus darüber gesagt hat: „Wo Neid und Streit herrschen, gibt es Unordnung und jede Art von Gemeinheit." (3,14) Ich muß meine Eifersucht loswerden! Und ich muß mich wieder mit Vio versöhnen. Denn ich liebe sie, ich will sie nicht aufgeben.

Ich hatte heute eine Stunde später Schule, aber wir frühstücken gern gemeinsam. Wenn man schon morgens Menschen um sich hat, die einen mögen, gibt das dem Tag einen Goldglanz. Dann hatten sich Paps und Katrin verabschiedet, und Mam setzte sich zu mir und sagte: „Nun mal raus mit der Sprache. Wo drückt es? Vio, nicht wahr?"

Frauen und Geheimdienst! Das FBI ist nichts dagegen. Aber ich weiß, sie fragt nicht aus Neugier, sie will mir helfen. Und ich brauche Hilfe.

„Zwei Probleme, Mam. Erstens: Wie wird man Eifersucht los? Zweitens: Wie versöhnt man sich nach einem Streit?"

Mam überlegte. Dann fragte sie: „Warum möchtest du von der Eifersucht frei werden?"

„Das ist eine Frage! Weil sie mich quält. Weil sie mein Verhältnis zu Vio zerstört. Weil sie mich innerlich ganz krank macht."

„Und woher kommt diese Eifersucht?"

Wie vom Katapult abgeschossen kam meine Antwort: „Weil Vio dem Jörg schöne Augen macht!“

Mam sagte nichts und sah mich an. Ich dachte nach. War das wirklich die Ursache für dieses Brennen und Bohren in mir?

Endlich sagte Mam: „Dann hat eigentlich Vio das Problem; *sie* muß ihr Verhalten ändern, denn was du denkst und fühlst, ist vollkommen in Ordnung. Oder?“

Jetzt hatte sie mich im Nußknacker. Ich spürte, daß meine Eifersucht falsch war, aber ich wußte nicht genau, warum. Ich hatte vorhin gelesen: „... wo Streit und Neid herrschen, gibt es Unordnung ...“. Meine Eifersucht war „Unordnung“ im Quadrat und würde mich früher oder später zu irgendwelchen Gemeinheiten hinreißen. Woher kam sie nur? Ich grub tiefer. Dann wußte ich es.

„Ich glaube, ich weiß, warum ich eifersüchtig bin: ich will Vio für mich allein haben.“

Mam nickte. Ich holte mir ein Blatt Papier und einen Stift und schrieb: „Ursache: ich will haben“.

„Und wie stellst du dir Liebe vor?“ wollte Mam wissen.

„Ja sagen zum anderen, wie er ist, denn er oder sie ist genauso ein Geschöpf Gottes wie ich.“

„Das ist noch sehr allgemein, das paßt auf alle möglichen Menschen. Wie stellst du dir die Liebe zu Viola vor?“ Mam ließ nicht locker, aber ich war froh darüber.

„Ich liebe Viola, weil sie einmalig ist. Ich möchte immer für sie dasein. Ich möchte sie trösten, wenn sie weint. Sie schützen, wenn sie in Gefahr ist. Ich möchte von ihr lernen, die Welt mit ihren Augen sehen. Ich will Hand in Hand mit ihr gehen bis ans Ende der Welt. Ich will sie glücklich machen.“

Ich hatte mich richtig in Eifer geredet. Mam lächelte und sagte: „Nicht fordern – sondern fördern. Nicht besitzen – sondern beschützen. Nicht haben — sondern sein."

Ich notierte es. Und auf einmal wußte ich auch die Antwort auf meine zweite Frage.

## *Wir gehören doch zusammen!*

*Chris ist traumhaft! Gestern dachte ich: „Alles ist aus." Ich erzählte meiner Mutter davon, und sie hat tatsächlich zugehört – es geschehen noch Wunder –, und sie meinte: „Chris ist eifersüchtig, weil ihm viel an dir liegt. Das ist ganz normal. Sei froh, wenn er um dich kämpft! Ich habe das Gegenteil erlebt. Wenn ein Mann immer nachgibt und keine Grenze setzt, das ist zum Davonlaufen!"*

*Ich war völlig verdattert! Wollte gern noch mehr aus ihr rausholen. Vielleicht verriet sie mir ja etwas über meinen Vater.*

*Ich sagte: „Weißt du, Chris ist ansonsten in Ordnung. Er ist hilfsbereit. Immer für andere da. Er ist klug und sportlich, hat einen guten Geschmack. Ich kann mir keinen besseren und netteren Freund denken als ihn, und er versteht mich so gut. Er ist zärtlich und romantisch und ..."*

*Sie unterbrach mich.*

*„Jaja, so war dein Vater auch. Genauso. Und obendrein noch fromm. Anfangs hat mich das nicht gestört,*

*es gefiel mir sogar. Aber mit der Zeit ging mir seine Großzügigkeit auf die Nerven."*

*Ich nahm allen Mut zusammen und fragte: „Also bist eigentlich du ihm davongelaufen?"*

*Sie starrte mich an, als wollte sie mir ins Gesicht schlagen.*

*„Du bist ganz schön unverschämt, weißt du das?" knurrte sie. „Wie komme ich dazu, mich vor dir zu rechtfertigen? Das habe ich überhaupt nicht nötig!"*

*„Entschuldige, ich wollte dich nicht ärgern", versuchte ich einzulenken.*

*Aber es war schon zu spät, der dünne Draht zwischen uns war wieder zerrissen. Wütend schlug sie die Tür zu, und ich rannte in mein Zimmer und warf mich aufs Bett. Endlich spürte ich den altvertrauten Zorn in mir hochkriechen: „Er hat uns verlassen. Vater ist gemein. Alle Männer sind gemein." Ich glaube, in diesem Augenblick haßte ich alle Männer. Haßte sie mit aller Kraft.*

*Aber dann klingelte es. Mutter machte auf. Es war Chris, und er kam geradewegs in mein Zimmer gelaufen. Hatte eine Rose mitgebracht, eine langstielige Edelrose, weiß. Er hielt sie mir entgegen.*

*„Hab die Dornen alle abgeknipst. Damit sie dir nicht wehtun." Ich spürte, was er damit sagen wollte. Aber ich brachte kein Wort heraus. Ich war innen völlig zugeknotet.*

*Er kniete sich neben mein Bett.*

*„Viola, ich liebe dich. Ich möchte, daß du das nie vergißt. Niemals, hörst du? Ich war ja so dumm! Vergib mir. Vergib mir meine Eifersucht. Du bist ein freier Mensch, du kannst tun und lassen, was du willst. Du bist mir auch keine Rechenschaft schuldig."*

*Da schwankte die Mauer, hinter der ich mich ver-*

*schanzt hatte, polterte einfach um, und da stand ich, hilflos ohne meinen Haß. Mir liefen längst die Tränen übers Gesicht. Chris schaute mich an, und ich hätte diesen Blick nicht für eine Million Mark verkauft, soviel Wärme lag darin. Auf einmal fühlte ich wie damals am Bach. Hier war es wieder, mein kleines Paradies. Wir sind doch nicht daraus vertrieben. Wir haben Zukunft.*

*„Chris, verzeih mir auch. Ich habe dich absichtlich gereizt. Es tut mir leid."*

*Er nahm mich in die Arme und wiegte mich wie ein kleines Kind. Seine Bartstoppeln kratzten.*

*„Du wirst ja ganz naß", murmelte ich, denn ich konnte immer noch nicht aufhören zu weinen. „Aber das ist vielleicht auch gut, da wächst dein Bart besser. Und sticht nicht mehr so arg."*

*Chris lachte und hielt mich ein Stück von sich weg, um mir ins Gesicht zu schauen.*

*„Du bist ja schon wieder obenauf."*

*Ich nickte.*

*„Alles wieder gut?" fragte er weich.*

*„Ja, Chris. Vergeben und vergessen."*

*Er schüttelte den Kopf. „Nein, vergessen sollten wir das nicht. Sonst machen wir demnächst den gleichen Fehler."*

*„Aber wie können wir das vermeiden?" wollte ich wissen.*

*„Wir können uns fest vornehmen, sachlich zu bleiben. Ich darf dich nicht in mein Problem verwickeln. Mein Problem heißt Eifersucht, und das muß ich allein lösen. Ich muß lernen, dich innerlich freizugeben."*

*„Aber ich will gar nicht frei sein!" rief ich. „Ich gehöre doch zu dir!"*

*„Daß du das sagst, macht mich glücklich, Viola. Ja,*

*wir gehören zusammen. Aber trotzdem darf keiner dem anderen die Luft abschnüren. Wir sind uns nur geliehen, verstehst du? Wir dürfen uns nicht gegenseitig festnageln."*

*Das hab ich nicht ganz begriffen. Hält er sich eine Hintertür offen oder was? Wie kann man treu sein und gleichzeitig frei bleiben? Mutter kann ich nicht danach fragen, ich glaube, sie hat selber zu viel vermurkst in ihrer Ehe und auch später. Wer könnte mir da bloß weiterhelfen?*

## *Was tut man nicht alles aus Nächstenliebe*

Puh, bin ich müde: es ist halb zwei, und ich bin noch nicht im Bett. Zu oft kann ich mir so was nicht leisten, sonst bin ich bald ein Wrack. Na ja, was tut man nicht alles aus Nächstenliebe. In diesem Fall heißt Nächstenliebe: Jörgs Geburtstagsparty.

Er hatte einige Mädchen aus unserer Klasse eingeladen – die besonders hübschen –, und einige Jungs aus wohlhabenden Familien; da sind die Väter Fabrikanten, Geschäftsleute, Zahnärzte. Jörg selber lebt auch nicht gerade in „Armut", sondern in einer Prachtvilla. Er hat ein Atelier-Zimmer mit Glasfront und allem Schnickschnack, den man sich vorstellen kann. Seine Eltern haben eine Köchin und ein Serviermädchen eingestellt und sind an dem Abend weggegangen. Das kalte Büffet war profimäßig, aber ohne Liebe zusammengestellt. Scheint mir typisch für den ganzen Lebensstil zu sein: äußerlich vollkommen, innen hohl. Kein Wunder, daß Jörg manchmal ausrastet; so ein Leben würde mir auch nicht gefallen.

Vio kriegte ich an diesem Abend kaum zu sehen; sie war ständig von den anderen belagert, und ich wollte mich nicht aufdrängen. Anfangs lungerte ich in ihrer Nähe herum. Versuchte, mit verschiedenen Leuten ins Gespräch zu kommen, aber wir blieben an der Oberfläche hängen: Schule, Kino, Autos, versteckten uns hinter der Fassade von Albernheiten. Gegen neun war die Luft zum Schneiden, und es wurde laut, denn sie hatten Jörgs Hard-Rock-CDs entdeckt. Eine halbe Stunde hielt ich durch, dann wurde mir der Krach zuviel, und ich ging runter ins Wohnzimmer – man müßte sagen, in die Wohnhalle. Dort stand ein echter Steinway-Flügel. Ich konnte nicht widerstehen und spielte ein paar Takte, ein melancholisches Stück von Rachmaninow. Ich dachte dabei an Vio – wie schade, daß wir in vielen Dingen so grundverschieden sind. Daß sie so was gut findet – sich volldröhnen mit Musik, dabei Plattheiten austauschen und alle möglichen Drinks in sich hineinschütten. Dann dachte ich an Jörg und wünschte mir, ich könnte mit ihm reden. Eine Minute später kam er herein und hockte sich neben mich auf dem Boden.

„Spiel noch was!“ bat er, als ich fertig war. Und so spielte ich weiter, eine Fuge von Bach, dann einen Satz aus der Mondscheinsonate, pflückte ihm einen musikalischen Blumenstrauß zusammen. Danach waren wir eine Weile still. Schließlich seufzte Jörg und sagte: „Du, das hat gut getan. Hab schon lang keine solche Musik mehr gehört.“

Ich fragte: „Spielst du eigentlich auch?“

Er zuckte die Achseln. „Früher mal, da hatte ich richtigen Unterricht. Aber die Überei wurde mir lästig. Da hab ich aufgehört."

„Ich glaube, jeder hat solche Durchhänger, wo es ihm keinen Spaß mehr macht. Aber wenn man da durchhält, kommt die Freude wieder. Meine Eltern haben mir was gehustet, als ich damals aufhören wollte!"

Jörg stand auf. „Ich wollte, meine würden auch mal husten. Sie kümmern sich nicht um mich. Ob ich gut bin in der Schule oder schlecht, das ist ihnen gleichgültig. Schnurzpiepewurschtegal. Ach, das Leben ist einfach ..." Er schluckte ein paarmal und schwieg. Nach einer Weile sagte er: „Chris, du hast letzte Woche etwas für mich getan, was sonst keiner getan hätte. Du hast den Mist, den ich gebaut habe, auf dich genommen. Du hast dafür bezahlt. Du stehst jetzt vor dem Rektor und vor den anderen als Brandstifter da, obwohl du unschuldig bist. Sag mir, warum!"

„Ich wollte nicht, daß du von der Schule fliegst wegen so einer hirnrissigen Idee. Lagerfeuer neben dem Öltank! Was hast du dir überhaupt dabei gedacht?"

Jörg drehte sich von mir weg und sagte leise: „Es war wegen Vio."

Da – schon wieder! Wie eine gefährliche Flamme züngelte die Eifersucht in mir hoch. Aber ich wollte nicht. Ich wollte die Hängebrücke nicht versengen lassen, die sich von Jörg zu mir hinüberschwang. Ich dachte an Gott, dem wir alle gehören, der das erste und höchste Anrecht auf uns hat, weil er uns ins Leben gerufen hat: Wenn einer das Recht hätte, eifersüchtig zu sein, dann er. Aber er läßt uns frei, er zwingt keinen!

Und da wurde es mir wieder leicht, und ich sagte so nebenhin: „Ach, wegen Vio?"

„Viola war im letzten Jahr mein einziger Lichtblick.

Sie hat mich nicht geschnitten wie die anderen Mädchen. Sie hat öfter mal mit mir geredet. Hat mir zugehört. Da hab ich gedacht, sie ... sie mag mich."

Ich sagte schnell: „Natürlich mag sie dich! Das weiß ich."

„Na ja. Mögen und mögen ist zweierlei. Sie ist in *dich* verliebt. Als mir das klar wurde, da sah ich nur noch rot. Ich wollte, daß ihr in die Luft fliegt, ihr alle miteinander."

„Du wärst auch dabei draufgegangen!"

„Das hätte mir nichts ausgemacht. Ich wollte sowieso aussteigen – endgültig aussteigen, weißt Du."

Es lief mir eiskalt den Rücken runter.

„Ich versteh schon – Vio war noch das Einzige ..."

„... das Einzige, was hielt. Und als ich sie verloren hatte, da wollte ich nicht mehr. Und dann kamst du und hast die Explosion verhindert. Und was noch schlimmer ist, du hast mich erwischt. Gerade du. Und dann kam auch noch der Rektor."

Jörg ging im Zimmer auf und ab. Ich spürte, wie er mit sich kämpfte.

„Komm, Jörg, es ist doch alles gut geworden!" sagte ich leise.

„Es war gemein von mir, die Schuld auf dich zu schieben!" kam es heftig.

„Ich hab dir das verziehen, Jörg. Du mußt es dir auch verzeihen."

„Weißt du, auf einmal sah ich ein Schlupfloch", erklärte er eifrig. „Wollte dich schlechtmachen. Hatte sogar wieder Hoffnung auf Vio. Aber dann spürte ich, wie ... wie lieb sie dich hat. Sie hat zu dir gehalten. Das hätte sie bestimmt auch dann getan, wenn du den Brand wirklich gelegt hättest."

Mir wurde warm. Das ist Vio. Meine Freundin Viola. Und ich habe sie mit meiner kleinlichen Eifersucht gequält! Ihr mißtraut. Herumgezankt. Schande über mich!

Jörg erzählte weiter: „Vio hat mich sofort durchschaut. Aber sie verachtet mich nicht. Ich spüre, daß ich ihr nicht gleichgültig bin, trotz allem nicht. Obwohl sie jetzt mit dir geht. Und das hat mich umgekrempelt. Das gab mir das Gefühl, daß ich doch etwas wert bin. Ich hab seither keinen Koks mehr angerührt und keine Tabletten."

Mir zog es den Hals zusammen. Da ist einer aus meiner Klasse in Not, sieht keinen Sinn mehr, betäubt sich mit Drogen und ist kurz davor, sein Leben wegzuwerfen. Und wir anderen leben so locker-flockig dahin und kümmern uns um nichts. Wenn Jörg sich umgebracht hätte! Wir wären alle schuld gewesen. Keiner hätte sich rausreden können: „Ich wußte nichts davon." Man merkte ihm, daß er sich herumquälte. Und jetzt schlug er ein neues Kapitel auf, wollte noch einmal beginnen.

„Aber du, das ist schwer! Ich komme mir vor wie einer, der ohne Sonnenbrille ins Helle gucken muß. Ich weiß, so kann es nicht weitergehen mit mir. Ich muß einen Sinn für mein Leben finden. Aber wie? Und wo?"

Diesmal war mein Mund nicht trocken. Diesmal hatte ich keine Angst, das Eis könnte mich tragen und ihn nicht. Ich erzählte Jörg von dem, was meinem Leben Sinn gibt. Warum ich mich geborgen fühle, weil ich weiß, da ist ein Gott, der alles geschaffen hat. Der sich um uns Menschen kümmert. Ich erklärte ihm, warum ich Jesus vertraue. Was er für mich getan hat. Und auch für Jörg. Daß er unsere Schuld auf sich genommen hat.

Unser „Strafmandat“ bezahlt hat. Daß er uns nicht verachtet, sondern liebt. Daß er ganz nah mit uns zusammenleben will, wenn wir das möchten.

Jörg hörte schweigend zu, die Augen weit offen. Dann sagte er: „Das hab ich alles nicht gewußt. Wenn das stimmt, daß Gott sich tatsächlich für mich interessiert, dann ... ja, dann lohnt es sich doch! Dann weiß man auf einmal, wozu man lebt. Also Chris, darüber möchte ich noch mehr wissen. Ich möchte auch gerne an Gott glauben. Erklär mir, wie man ein Christ wird.“

Und so hab ich ihm alles erzählt, was ich darüber wußte und was ich selbst mit Gott erlebe. Als Jörg erfuhr, daß Gott ihn adoptieren will, kamen ihm die Tränen. Ich hab schnell weggeschaut, falls es ihm peinlich wäre, aber er schämte sich nicht. Er hat mir sehr persönliche Dinge von sich erzählt – eine schlimme Beichte. Aber es hat ihm gutgetan, das alles einmal loszuwerden. Er sah hinterher um Jahre jünger aus. Obwohl er doch gerade Geburtstag hatte.

Ich holte aus meiner Jacke eine kleine Bibel; die hatte ich für Jörg mitgebracht, aber ich wollte erst einmal abwarten, ob er überhaupt daran Interesse hätte.

„Schau mal, Jörg, da hab ich dir ein Lesezeichen reingelegt. Notier dir alles, was dir unklar ist. Wir können das dann gemeinsam besprechen.“

Jörg nickte stumm.

„Die Bibel liest sich nicht so leicht wie ein Roman. Manchmal muß man lange herumtüfteln. Als ob man auf Schatzsuche wär, weißt du.“

Jörg konnte immer noch nichts sagen. Ich merkte, daß er eine Weile allein sein wollte. Also murmelte ich: „Jetzt werd ich mal nach den anderen schauen“, und er nickte mir dankbar zu.

Oben war es still geworden. Sie saßen alle leicht beduselt herum und hörten Techno-Musik. Hatten sich gründlich eingenebelt, aus einer Ecke roch es süßlich. Dort fand ich Vio. Sie hockte quer im Sessel, die Beine hochgezogen, die Augen halb zu. Ich setzte mich auf die Lehne und flüsterte:

„Na, wie geht's dir?" Sie sah mich glasig an und antwortete nicht.

„Komm, ich bring dich heim!" Keine Reaktion. Ich schüttelte sie leicht an der Schulter. Einer von den anderen brummte: „Hey, laß das Girl in Ruhe!"

Sandra, Vios Freundin, wenn man sie so nennen darf, kicherte: „Der darf das, der ist ihr Freund."

Ich ärgerte mich. Als hätte man durch Freundschaft die Verfügungsgewalt über den anderen! Dabei wollte ich ihr nur helfen. Ich holte ein feuchtes Tuch aus dem Bad und legte es Vio auf die Stirn, in den Nakken, es half nichts, sie kam nicht richtig zu sich. Einer von den Jungs rappelte sich von der Couch hoch: „Die kriegst du so nicht wach. Die hat zuviel geladen. Am besten, du trägst sie ins Auto." Er half mir, Viola die Treppe runterzubringen. Wir schnallten sie sorgfältig an, denn ihr Kopf rollte herum wie bei einer Gliederpuppe. Als ich den Wagen anließ, kam Jörg nach draußen und winkte uns zu. Ich fuhr, als hätte ich rohe Eier geladen.

Dann klingelte ich Vios Mutter wach. Sie war sehr erschrocken. Wie die meisten Mütter mußte sie sich erst mal durch Schimpfen und Nörgeln Luft machen. Nachdem sie genügend Dampf abgelassen hatte, konnte ich ihr kurz berichten, was geschehen war. Wir holten Vio aus dem Auto. Sie regte sich kaum; als ich sie hochtrug, war sie immer noch nicht ansprechbar. Ihre Mutter prüfte die Pupillen-Reflexe mit einer Taschenlampe und schüttelte den Kopf.

Ich schrieb ihr unsere Telefonnummer auf; Paps kennt sich aus, hat jahrelang mit Drogenpatienten gearbeitet. Deshalb ist er auch so strikt dagegen. Bei uns zu Hause gibt es keinen Alkohol. Paps sagt: „Gift bleibt Gift, auch wenn das Wörtchen *Genuß* davorgeklemmt wird." Und ich finde seinen Standpunkt vernünftig. Mir schmeckt das ganze Zeug sowieso nicht, ob das Wein ist oder Schnaps. Es bringt nur die Chemie im Körper durcheinander – unnötiger Streß. Unnötige Geldausgabe. Unnötige Abhängigkeit. Natürlich könnte ich das alles haben, wenn ich wollte. Aber ich will nicht. Ich liebe meine Freiheit!

Daß Vio anders denkt oder handelt, hab ich schon gemerkt. Aber sie ist selbst für sich verantwortlich. Ich werde ihr da nicht reinreden, obwohl es mir wehtut, wenn sie sich derart betäubt. Sie hat es eigentlich nicht nötig!

Und jetzt sitze ich hier an meinem offenen Fenster und suche den Himmel, der sich hinter Wolken versteckt hat. Warum liegen Freude und Kummer so dicht beisammen? Ich könnte jodeln vor Freude über Jörg! Und wenn ich an Vio denke, möchte ich weinen. Was habe ich bloß falsch gemacht? Was hätte ich anders machen können?

## *Genuß mit Reue*

*Mir ist elend. Hab die halbe Nacht Alpträume gehabt. Einmal mußte ich brechen. Zum Glück war Mutter da. Sie hat an meinem Bett gesessen und mir die Hand gehalten. Das war schön. Wir haben nicht geredet, weil bei mir alles durcheinanderging. Einmal dachte ich, die Zimmerwände biegen sich langsam zu mir runter. Dann fühlte ich mich wie auf einem Schiff bei Sturm. Ich weiß nicht, was sie mir da gemixt haben – und dann noch die paar Züge Gras. Das war einfach zuviel.*

*Heute früh habe ich mich bei Mutter entschuldigt. Sie hat einen Urlaubstag nehmen müssen, damit sie bei mir bleiben kann, denn ich kann immer noch nicht aufstehen. Ich habe ihr versprochen, so was nie wieder zu machen. Ich wollte es einfach mal probieren, damit die anderen mich nicht für feige halten. Zuerst war es ja ganz nett. Ich fühlte mich leicht, als könnte ich fliegen. Die Leute erschienen mir auf einmal besonders freundlich. Ich hatte sie alle gern, obwohl ich einige noch nie vorher gesehen hatte. Aber dann wurde alles verschwommen, rückte weit weg. So ähnlich wie bei einer Lachgasnarkose. Hoffentlich hat Chris mich nicht in diesem Zustand gesehen.*

*Chris? Wo hat er den ganzen Abend über gesteckt? Und wie bin ich überhaupt nach Hause gekommen? Ich weiß nichts mehr davon.*

*Eben erzählt Mutter, daß Chris mich heimgebracht hat. Sogar hochtragen mußte er mich. Wie ein Baby. Ich schäme mich. Heute nachmittag werde ich ihn anrufen und ihm sagen, wie leid mir das tut. Hab mich einfach mitreißen lassen. Sandra und die anderen Mädchen haben auch gehascht – ob es ihnen genauso schlecht geht? Ich frage mich, wer den Stoff besorgt hat, Jörg oder die anderen Jungs? Die sahen piekfein aus, haben bestimmt reiche Eltern.*

*Jörg wohnt fantastisch! Ein Traumhaus – und erst sein Zimmer. Ich kann nicht begreifen, warum er unglücklich ist. Wenn ich so elegante Möbel hätte, soviel Taschengeld, ich wäre niemals unzufrieden. Außerdem hat er Mutter und Vater. Das ist schon Glück genug, finde ich.*

*Gerade rief Sandra an und verriet mir ein Geheimnis: Sie hat sich in Jörg verliebt. Das freut mich für ihn, vielleicht mag er sie auch? Dann wären die beiden auch ein Paar, und wir könnten zu viert ausgehen. Sandra haben die Drogen nichts ausgemacht, sagt sie, weil sie öfter Hasch raucht und auch sonst nicht zimperlich ist mit Alkohol. Sie sagt, es wäre reine Gewöhnungssache. Ich weiß nicht. Ich werde mal mit Chris darüber reden. Vielleicht will ich mich gar nicht daran gewöhnen!*

*Und Jörg? Ob er sich über seine Party gefreut hat? Ich hab ihn den ganzen Abend kaum gesehen, außer beim Essen. Dabei war es doch sein Tag; er hätte im Mittelpunkt stehen müssen! Statt dessen waren wir alle nur mit uns beschäftigt. Wir haben sein Essen verspeist, seine Hausbar leergetrunken, seine CDs gehört, und was hat er von uns gehabt? Wir waren allesamt zu. Das ist dumm gelaufen!*

## *Mein Problem heißt Vio*

Sind wirklich schon drei Monate vergangen seit Jörgs Party? Ich habe zur Zeit einen straffen Terminkalender, komme kaum noch zum Nachdenken.

Jörg hatte damals seinen „Freunden“ einen Riesenkrach geliefert – er wußte nichts von den Drogen, und er wollte so was auch nicht. Nicht mehr. Die Jungs zogen sich daraufhin von ihm zurück – zum Glück. Er brauchte dringend neue Freunde. Deshalb wollte ich ihn in meine Jugendgruppe mitnehmen.

Wir sind etwa 20 Leute, kennen uns schon seit dem Kindergartenalter. Da wächst man zusammen. Wir unternehmen öfter was gemeinsam – Wanderungen, Radtouren, Segeltörns, gehen in Konzerte oder zum Schwimmen. Obwohl wir grundverschieden sind, verbindet uns eins: Wir glauben, daß wir nicht zufällig auf der Welt sind. Wir sind davon überzeugt, daß Gott uns in der Bibel einen Leitfaden für unser Leben geschenkt hat. Wir glauben, daß Jesus eines Tages wiederkommt und dem Durcheinander auf der Erde ein Ende macht. Und wir möchten in der Zeit, die uns bis dahin bleibt, möglichst sinnvoll leben. Uns für eine gerechte und gesunde Welt einsetzen. Da gibt es allerhand Aktionen, die einen in Atem halten.

Jörg hatte zuerst Vorurteile gegen die Gruppe. Er dachte, wir wollten ihn „bekehren". Aber dann merkte er, daß die anderen ein echtes Interesse an ihm haben. Sie kümmern sich um ihn, wenn er Kontakt will, und wenn nicht, dann lassen sie ihn in Ruhe. Inzwischen fühlt er sich in unserer Gruppe wohl. Er macht alles mit, was angeboten wird: Bibelgespräche, Sport, unsere Einsätze für die Stadtstreicher, im Jugendgefängnis, im Naturschutzgebiet. Er hat sich sehr verändert, nicht nur äußerlich. Jetzt merkt man erst, was in ihm steckt an Phantasie und Geschick. Er kann gut organisieren. Und er hat einen Draht zu den Leuten von der Straße. Er weiß, wie man sie anspricht. Er macht das kein bißchen von oben herab, sondern als echter Kumpel. Und die Leute akzeptieren ihn. Ich habe schon einiges von Jörg gelernt. Über ihn kann ich mich nur freuen!

Er ist übrigens zum Rektor gegangen und hat alles zugegeben, und der Rektor hat ihm verziehen. Amazing grace! Auch in der Klasse hat Jörg Farbe bekannt, und keiner schaut ihn deswegen schief an. Im Gegenteil. Sie haben auf einmal Respekt vor ihm.

Seit vier Wochen hat Jörg auch eine Freundin. Er lernte Tine in der Jugendgruppe kennen – ein liebes Mädchen, unternehmungslustig, kameradschaftlich und obendrein noch hübsch. Ich habe schon im Sandkasten mit ihr gespielt, weil unsere Eltern befreundet sind. Tine ist ein Jahr älter als Jörg, und das ist ganz gut so. Sie hat viel Verständnis und Geduld. Sie ist reif genug, in der Freundschaft nicht nur an sich selbst zu denken. Ich glaube, sie liebt ihn wirklich.

Also, um Jörg brauchen wir uns im Augenblick keine Sorgen mehr zu machen!

Mein Problem heißt Vio. Ich verbringe in der letzten Zeit jede freie Minute mit ihr, habe sie gründlich kennengelernt. Ich liebe sie noch mehr als vorher, obwohl ich immer mehr entdecke, was mir Kopfschmerzen macht: Sie lebt in einer anderen Welt als ich. Ihre Musik nervt mich. Meine Musik ödet sie an. Ihre Freunde sind mir zu flach. Meine Freunde sind ihr zu „kompliziert". Sie läßt sich treiben, vernascht die Tage und denkt nicht an später. Ich habe mein Ziel gefunden und lebe und arbeite darauf hin. Ich kann den Augenblick auch genießen, und wie! Aber ich will darüber nicht vergessen, wer ich bin und was ich will.

Am Anfang kam sie mit in die Jugendgruppe. Aber dort gefiel es ihr nicht. Sie konnte mit den Themen nichts anfangen, die uns wichtig sind. Unsere Freizeitaktionen mag sie nicht, weil sie lieber mit mir allein sein möchte. Mit den Stadtstreichern und den Häftlingen will sie schon gar nichts zu tun haben. Sie sagt, sie ekelt sich vor ihnen. Das tut mir weh, denn ich hatte Viola anders eingeschätzt – liebevoller, offener. Aber ich muß sie nehmen, wie sie ist, nicht nur ihre schönen Seiten. Ich hab ja auch meine Macken.

Wir kommen uns oft nahe, aber dann stoße ich wieder an Wände, die keine Türen haben. Viola blockt alles ab, was auch nur entfernt mit Gott zu tun hat. Sie hat eine regelrechte Allergie dagegen entwickelt. Ich muß mich behutsam vortasten, darf nicht herausplatzen mit meiner Begeisterung. Und über das, was mir am wichtigsten ist, kann ich mit ihr nicht reden. Das macht mich fertig.

Trotzdem haben wir vieles gemeinsam. Wir lieben

Romantik. Wir sind gern draußen. Wir fahren gern Auto. Wenn ich ihr seidiges Haar unter meinen Händen spüre, wird mir immer noch ganz feierlich zumute. Vio schmiegt sich dann an mich und ich wünschte, ich könnte sie immer so halten – nicht krallen oder klammern, sondern bergen und schützen. Manchmal wird mir heiß, und ich rücke ein paar Zentimeter ab. Dann lacht mich Vio aus. Sie hat gut lachen! Mädchen haben da wohl eine dickere Isolierschicht, bei ihnen brennt die Sicherung nicht so schnell durch. Aber ich will nicht, daß mich die Sehnsucht überwältigt und ich etwas tue, was ich hinterher bereue.

Mam hat früher immer gesagt: „Überleg dir, ob du das auch wieder rückgängig machen kannst!" Dieser Satz durchzog meine Kinderjahre. Sie sagte nie: „Nein, das darfst du nicht! Du machst es kaputt!" Sie wies mich nur auf die Folgen hin. Das war ein vernünftiges Prinzip. Ich hab es beibehalten.

Ja, aber wie soll es weitergehen mit Vio und mir? Ich habe in diesem Monat dreimal den Gottesdienst sausen lassen, weil Vio mit mir einen Ausflug machen wollte. Ich dachte, es ist auch wichtig, unsere Freundschaft zu pflegen. Schließlich hat Gott die Liebe ja geschaffen, also ist es bestimmt in seinem Sinne, daß wir sie genießen. Aber ein Dauerzustand ist das nicht, hin- und hergerissen zu sein zwischen Vio und meiner Kirchengemeinde. Ich erwische mich dabei, daß mir immer häufiger etwas dazwischenkommt, wenn ich eigentlich zur Jugendgruppe gehen wollte. Meinen Hauskreis habe ich auch aufgegeben. Mir fehlt die Gemeinschaft mit den anderen, das Gespräch über Gott, das gemeinsame Beten, das Singen, unsere Einsätze, bei denen wir uns um andere Menschen kümmern.

An meiner Pinnwand hängt ein Zettel:

He who lets
the small things bind him
leaves the great
undone behind him.

Es stimmt, wenn wir uns in Kleinigkeiten verzetteln, verpassen wir die großen Dinge im Leben. Aber ist Vio eine Kleinigkeit?

Sie ist ein Mensch, der Gott braucht. Sie ist mein „Nächster" – wie kann ich sie vernachlässigen und den Übernächsten lieben? Sie fehlt mir in jeder Stunde, die wir getrennt verbringen müssen.

Ich überschütte sie mit Zärtlichkeit und Wärme. Ich denke Tag und Nacht darüber nach, wie ich ihr eine Freude machen kann. Mams Margeritenbeet ist schon ziemlich gerupft, und die Blumenfrau an der Ecke greift gleich nach dem Roseneimer, wenn sie mich kommen sieht. Was kann ich noch mehr tun? Irgendwann muß doch der Eispanzer geschmolzen sein, der sie von der Liebe Gottes abschottet?!

## *Mein Geschenk an Chris*

*Schade, daß es bei Jörg nicht „gefunkt" hat – Sandra war unglücklich. Als ich mit Chris darüber sprach, meinte er, Sandra wäre ein berechnendes Frauenzimmer. Er sagte: „Meinst du, die Sandra hätte sich auch in Jörg ver-*

*liebt, wenn er in einer Sozialwohnung leben würde, einen Trinker als Vater hätte und vielleicht noch sieben Geschwister?"*

*Ich habe lange darüber nachgedacht. Ich weiß es nicht. Ich bin mir allerdings auch nicht sicher, ob ich Chris genauso lieben könnte, wenn er aus einer asozialen Familie stammen würde. Es kommt darauf an, wie stark das Milieu den Menschen prägt. Mir sind solche Typen ein bißchen unheimlich. Ich halte mich lieber an Leute, die etwas darstellen. Natürlich liebe ich Chris, weil er Chris ist! Und nicht wegen seiner Herkunft. Obwohl es mich natürlich schon beeindruckt, daß sein Vater Professor ist und die ganze Familie Schliff und Bildung hat. So was ist nicht zu verachten.*

*Chris sagte dann noch: „Sandra möchte gerne in die Schicki-Micki-Kreise aufgenommen werden. Jörg ist nur der Lift für ihren gesellschaftlichen Aufstieg. Wenn es ihr wirklich um ihn ginge, dann hätte sie sich schon vorher um ihn gekümmert. So wie du damals."*

*Ich dachte: „Hilfe, jetzt ist er schon wieder eifersüchtig!" Aber er hat mich sehr lieb dabei angesehen, so daß ich lange nicht mehr wegschauen konnte. Bei seinem Blick kriege ich immer noch weiche Knie.*

*Ich weiß nicht, ob das stimmt mit Sandra. Fest steht, daß Chris nicht sonderlich gut auf meine Freunde zu sprechen ist. Möchte wissen, warum! Er hat mich dann in seine langweilige Jugendgruppe mitgeschleppt. Sie sind zwar nett und freundlich, aber sie reden die ganze Zeit über Gott und die Bibel und haben allesamt einen Helfer-Tick. Ich finde es gut, wenn man sich um andere Menschen kümmert, wie wir das mit Jörg gemacht haben. Aber das muß nicht gleich in Arbeit ausarten! Wir haben so wenig Zeit füreinander, Chris und ich, weil die*

*Schule uns ziemlich fordert. Die zwei, drei freien Stunden am Tag möchte ich mit Chris allein verbringen.*

*In den letzten Tagen haben wir weniger geredet, mehr geschmust. Das war schön. Wir haben nichts verkompliziert, was doch so einfach ist: Ich liebe ihn, er liebt mich, wir wollen immer zusammenbleiben. Aber er hat noch Hemmungen. Wir kommen bis zu einem bestimmten Punkt, dann zieht er sich zurück. Das tut mir weh. Ich lache dann zwar, aber innerlich weine ich. Ich will nicht, daß uns etwas trennt! Keine Religion, keine Klischees oder längst überholte Vorstellungen, keine Stoffschichten. Ich habe das Gefühl, als würden wir uns erst dann wirklich verstehen, wenn wir diese Schwelle miteinander überschritten haben. Dann gehören wir wirklich zusammen. Für immer.*

*Aber wie kann ich Chris dazu bringen, daß er nicht davor zurückschreckt? Ich will ihn nicht überrumpeln, er soll es selbst wollen. Er soll mich wollen.*

*Vielleicht am nächsten Wochenende – da ist meine Mutter verreist. Und Chris hat Geburtstag. Ich werde ihm ein ganz besonderes Geschenk machen. Eins, das er bestimmt noch nie bekommen hat: mich. Vio total!*

## *Soll ich oder soll ich nicht?*

Ich bin völlig durcheinander. Habe wieder einmal nachts nicht schlafen können, so aufgewühlt bin ich. Soll ich's tun? Soll ich's nicht tun? Und wenn ich's nicht tue, wie begründe ich es dann?

Viola hat mir gestern angedeutet, was sie am Wochenende vorhat: Ich soll bei ihr schlafen. Mit ihr schlafen. Das soll mein Geburtstagsgeschenk sein. Zuerst war ich überwältigt von dieser Liebe, dieser Hingabe. Ich bin beinahe dahingeschmolzen. Aber jetzt, mit etwas Abstand, kriege ich doch Bedenken. Ursprünglich hatte ich mir vorgenommen, mit einer einzigen Frau zu schlafen. Mit meiner. Die ich geheiratet habe. So war es wohl auch ursprünglich vom Schöpfer geplant, und alles, was ich über Medizin und Psychologie gelernt habe, bestätigt es: Sex ist in die Partnerliebe eingebettet und gehört in die Ehe.

Das war für mich immer eindeutige Tatsache gewesen – kein Problem, solange es bloße Theorie war. Aber jetzt geht es mir unter die Haut. Ich muß mich entscheiden. Ich muß meine Gründe prüfen – für und wider.

Was spricht dafür? Ganz klar: Wir lieben uns. Wir haben Sehnsucht nacheinander. Wir wollen uns immer näher kommen, bis wir zu einem Leben verschmelzen. Wir möchten unsere Liebe nicht nur in Worten ausdrükken, sondern in zärtlichen Gesten. Es drängt, es zieht uns zueinander hin.

Was spricht dann überhaupt dagegen? Wir sind noch nicht verheiratet. Ob wir wirklich für immer zusammenbleiben – Vio und ich? Heute kann ich mir nichts anderes vorstellen. Aber wir haben noch fast ein Schuljahr vor uns. Dann wartet der Zivildienst auf mich, später Studium oder Berufsausbildung. Bis wir ganz erwachsen und reif sind, kann viel passieren. Wer weiß, wie wir uns verändern?

Ich hab mit Katrin über das Thema geredet. Hab sie geradeaus gefragt: „Würdest du mit deinem Freund ins Bett gehen?"

Katrin überlegte, dann schüttelte sie den Kopf.

„Das werden wir beide nicht tun. Wir haben es uns gegenseitig versprochen."

„Aber warum nicht?"

„Es schadet mehr, als es bringt."

„Woher weißt du das? Du kannst doch nicht vergleichen?"

„Meine Studienkolleginnen sind sehr offen, nehmen kein Blatt vor den Mund. Was die so erzählen – meine Herren! Da kann man lernen, wie man's nicht machen soll."

„Und?"

„Also, wollen mal sehen ... die eine heißt ... nennen wir sie Cora. Cora war fünf Jahre lang befreundet, sie haben auch miteinander geschlafen. Dann wurde sie schwanger, hat eine Abtreibung machen lassen. Seither ist sie schwer depressiv. Und ihr Freund hat sie inzwischen verlassen."

„Na, weißt du, da kann man heute doch aufpassen!"

„Brüderchen, du hast keine Ahnung. Die Statistiken sprechen eine deutliche Sprache. Es gibt immer noch kein hundertprozentiges Verhütungsmittel."

„Das sagst du als angehende Medizinerin?"

„Ja eben. Die ganzen Mittelchen funktionieren nur dann sicher, wenn man sie nicht bräuchte, wenn also die Frau sowieso ihre unfruchtbaren Tage hat. Die Natur läßt sich nicht so einfach überlisten. Nicht einmal die Pille wirkt in jedem Fall. Wenn eine Frau plötzlich Durchfall bekommt oder bestimmte andere Medikamente nimmt, kann der Empfängnisschutz schon beeinträchtigt sein."

„Also gut. Erster Punkt, der dagegen spricht: Man will keine unerwünschte Schwangerschaft riskieren. Versteh ich. Bringt Probleme. Weiter, bitte."

„Eine andere Kollegin, nennen wir sie Susi. Wahnwitzig verliebt. Ihr Freund hat plötzlich ein anderes Mädchen. Susi, am Boden zerstört, findet Trost bei einem anderen. Mit dem schläft sie auch. Gebraucht ihn als Lückenbüßer. Das paßt ihm nicht. Er verläßt sie. Sie fühlt sich gedemütigt. Ganz klein. Ist heilfroh, als der nächste kommt. Und so geht es seit anderthalb Jahren. Die Abstände werden immer kürzer. Und sie hat überhaupt keine Selbstachtung mehr."

„Aha. Zweiter Punkt: Man will sich und den anderen nicht auf eine solche Rutschbahn schicken. Leuchtet mir ein. Gibt's noch mehr?"

„Ein Kommilitone von mir ist nach zwei Jahren noch

nicht drüber weg, daß sich seine Freundin von ihm getrennt hat. Er hat mir gesagt, daß er Tag und Nacht an sie denken muß, obwohl sie schon längst einen anderen hat."

„Punkt Nummer drei: Man will sich und dem Partner diese ganz enge Bindung und dann den Trennungsschmerz ersparen."

„Ja, dann haben wir noch ein Paar auf der Uni. Die haben schon vor vier Monaten miteinander Schluß gemacht. Sie hassen sich. Aber sie schlafen immer noch miteinander. Der Sex kettet sie aneinander, obwohl sie nicht zusammen passen. Und sie kommen nicht voneinander los. In der Ehe ist das sinnvoll. Da hilft es den Partnern, beieinander zu bleiben. Auch wenn sie sich gezankt haben, treibt sie die körperliche Sehnsucht wieder zueinander. Aber wenn man noch nicht sicher weiß, daß man immer zusammenbleibt, ist das gefährlich. Man macht sich abhängig vom Sex."

„Das wäre dann Punkt vier: Man will sich davor schützen, süchtig nach Sex zu werden. Noch was?"

„Ja, ein ganz wichtiges Argument. Vielleicht ist es dir selber aufgefallen." Katrin ist ein bißchen rot geworden. Sie zögert. Dann holt sie tief Luft: „Je mehr und je intensiver man schmust, um so weniger spricht man miteinander. Dabei muß man gerade in der ersten Zeit der Freundschaft viel reden. Man braucht das Gespräch. Man muß sich geistig aufeinander einstimmen. Das macht manchmal Mühe. Aber es ist nötig. Sonst kann die Liebe nicht wachsen. Wenn man sich streichelt und küßt, dann ist man so davon eingenommen, daß alles andere zweitrangig wird. Die biologische Sprache ist einfach lauter als die geistig-seelische. Verstehst du, was ich meine?"

Und ob ich verstand! Da hatten wir bei unseren letzten Treffen so stark auf die Pauke gehauen, daß man die Flöten nicht mehr hören konnte. Wie würde es erst weitergehen, wenn wir miteinander schlafen? Ich konnte es mir lebhaft vorstellen.

Katrin sagte leise: „Also merk dir als Punkt fünf: Die Liebe muß wachsen. Sie braucht Freiräume. Sex schränkt diesen Freiraum ein. Er drängt sich zu stark in den Vordergrund."

Ich bin froh über meine Schwester! Jetzt hoffe ich bloß, daß ich Vio das alles richtig erklären kann. Ich habe Lampenfieber.

## *Maßlos enttäuscht*

*Chris hat alles verdorben. Er will mich nicht. Er möchte mein Geschenk nicht haben.*

*Dabei hatte ich alles so schön vorbereitet: Parfümöl ins Duftlämpchen, indirekte Beleuchtung, leise Musik, einen Obstsalat mit Sahne, einen Margeritenstrauß, weil Chris diese Blumen liebt. Kerzen auf dem Tisch und Mutters Silberbesteck. Habe mir für diesen Anlaß einen Hausanzug gekauft, ganz raffiniert, aus zyklamfarbenem Samt mit Silberstickerei, kuschelweich und tief ausgeschnitten. Es hat alles nichts genützt. Er küßte mich nur ganz flüchtig auf die Stirn und ging sofort wieder auf Abstand. Als ob ich die Pest hätte!*

*Was habe ich nur an mir, daß man mich nicht lieben kann? Ich dachte immer, ich gefalle ihm? Oder liegt es an seinem Glauben? An dieser Gott-Besessenheit? Das wird es sein! Ich habe gar keinen Platz in seinem Herzen!*

*Ach, er hatte viele schlaue Argumente. Ich hab sie mir nicht gemerkt. Ich konnte nicht richtig zuhören, mußte die ganze Zeit das Weinen unterdrücken. In meinem Kopf hämmerte es im Takt: „Er will mich nicht. Er liebt mich nicht."*

*Denn daß er mich liebt und trotzdem nicht mit mir schläft, das kann doch nicht sein? Ein normaler Mann kann seiner Geliebten nicht widerstehen, so steht es in allen Zeitschriften und Büchern. Und ich sehe es an den Männern, die Mutter mitbringt. Es ist ganz normal, miteinander zu schlafen, wenn man sich liebhat. Warum macht es Chris nur so kompliziert?*

*Er hat behauptet, er würde gerade aus Liebe nein sagen. Das soll einer begreifen! Das ist bestimmt eine Ausrede. Vielleicht hat er schon längst eine andere? Obwohl – das kann ich mir bei ihm nicht denken. So ist er nicht. Wenn einer treu ist, dann Chris.*

*Als wir so hin- und hergeredet haben und ich merkte, er wird immer fester in seinem Nein, habe ich ihn vor die Entscheidung gestellt: „Entweder du schläfst mit mir und zeigst mir dadurch, daß du mich wirklich liebst, oder wir machen Schluß. Sind dir deine Prinzipien, diese ... diese Vernunftgründe wichtiger als ich? Bedeuten sie dir mehr als unsere Liebe? Dann geh lieber und such dir ein Mädchen, das genauso verklemmt ist wie du!"*

*Das war ziemlich hart, aber ich dachte an den Satz: „Im Krieg und in der Liebe ist alles erlaubt." Ich wollte ihn aus der Reserve locken, und es ist mir gelungen. Chris sprang auf, daß sein Stuhl nach hinten krachte. Er keuchte: „Viola!" und ich merkte, jetzt endlich hatte ich ihn soweit. Ich stürzte zu ihm hin und umarmte ihn, wie ich ihn noch nie umarmt habe. Ich legte mein ganzes Herz in diese Umarmung, mein Wollen und Wünschen und alles, was ich hatte. Aber er wurde nicht weich. Zentimeterweise schob er mich von sich, bis er mich auf Armlänge von sich weghalten konnte.*

*„Vio, bitte ...“, er konnte nicht weiter.*

*„Entweder – oder!“ forderte ich, aber an seinen Augen sah ich: Nein. Er schüttelte den Kopf und wollte erklären, aber ich wollte keine Erklärung. Er hatte mir zu weh getan, ich wollte ihn nicht mehr sehen. Ich schrie ihn an: „Geh endlich! Geh! Und komm nie mehr wieder!“ Ich haßte mich für diese Worte und hätte sie gern zurückgenommen, als ich sah, wie er mit hängenden Schultern zur Tür schlich. Er drehte sich noch einmal nach mir um, bittend, sehnsüchtig. Aber ich blieb hart. Blieb eisenhart und haßte mich deswegen noch mehr.*

*Ja, Chris hat meiner Uhr die Batterie genommen. Die Zeiger sind stehengeblieben. In mir ist alles tot. Tot bis auf den Haß, der immer wieder in mir auflodert. Haß gegen mich, Haß gegen meine Mutter, die mich in so ein sinnloses Leben hineingeboren hat. Haß vor allem gegen Vater, der uns verlassen hat. Er hat mich auch nicht gewollt. Sonst hätte er mich mitgenommen. Sonst wäre er wiedergekommen. Aber ich bin von allen verlassen. Treibe dahin wie ein ruderloses Schiff im Meer – auf dem Weg nach nirgendwo.*

## *Der Wurm an der Wurzel*

Ich bin geflüchtet. Unten an der Treppe wäre ich am liebsten wieder umgekehrt, aber das wäre grundfalsch gewesen. Ich hätte Viola so gern getröstet! Aber im Augenblick brauche ich Abstand. Sonst gehen die Pferde mit mir durch. Herrschaften, der Abend war eine Zumutung! Ich bin doch nicht aus Edelstahl!

Zu Hause habe ich mich erstmal geduscht und Sportzeug angezogen. Die Versuchung war groß, das Telefon zu schnappen und zu sagen: „Vio, ich komme!“ Ich warf mich in meinem Zimmer auf den Boden und schrie: „Hilf mir, Herr!“ Ein anderes Gebet fiel mir in dem Aufruhr meiner Gefühle nicht ein. Nach einer Weile wurde ich ruhiger. Bin zu Jörg rübergeradelt. Zum Glück war er gerade da, hatte weiter nichts vor. Wir machten eine lange Radtour zum Waldsee. Dort legten wir eine Rast ein. Der Ufersand war noch warm vom Tag und trocken, es tat gut, sich darauf auszustrecken.

Jörg merkte, daß ich durcheinander war. Ich wollte ihm keine Einzelheiten erzählen, aber so ganz allgemein interessierte es mich doch, wie er zu dem Problem „Miteinander schlafen“ steht. Er ist ja in dieser Beziehung kein unbeschriebenes Blatt. Jörg erzählte von Elke, seiner ersten Freundin.

„Das war ein Mädchen, sag ich dir! Ein Stachelpanzer, aber darunter zart und glatt wie eine frische Kastanie. Ich war restlos verliebt, dachte Tag und Nacht nichts anderes als ‚Elke‘. Und ich wollte sie ganz. Sie ließ mich warten – das hat mich noch mehr gereizt. Ich habe drei Monate gebraucht, um sie rumzukriegen. Es war grandios, dieses erste Mal, hat mich gepackt wie ein Wirbelsturm. Ich habe es nie wieder so total erlebt. Aber für sie war‘s eine Enttäuschung. Ich habe ihr ziemlich wehgetan, sie hat dabei geweint. Sie war noch ein halbes Kind, kaum 15.“

Jörg schwieg ein paar Minuten, dann erzählte er mit gepreßter Stimme weiter.

„Es blieb natürlich nicht bei dem einen Mal. Wir haben immer öfter miteinander geschlafen, sie bekam mit der Zeit auch Spaß daran, hat sie wenigstens behauptet. Aber es war seltsam, sie hat mir mit jedem Mal weniger bedeutet. Ich weiß nicht, woran das lag. Vielleicht an mir.“ Er überlegte. „Ja, das wird es sein. Wenn man einen Menschen für sich erobern will, dann wird er zum Besitz, zum Ding. Er verliert seine Würde und seinen Wert. Aber das Schlimme war, je weniger ich sie schätzte, um so mehr hängte sie sich an mich. Als wäre sie angeleimt. Sie wurde mir mit der Zeit sogar lästig, und ich dachte nur noch darüber nach, wie ich sie loswerden könnte.“

Er seufzte.

„Ja, Chris, so herzlos war ich. Ich kann es heute nicht mehr begreifen. Ich hab mit ihr Schluß gemacht – auf die lässige Tour, weißt du. Sie hat jämmerlich geweint. Sie hing an meinem Hals wie eine Ertrinkende und schrie: „Nein, geh nicht weg! Verlaß mich nicht!“ Ich hab sie schließlich von mir weggestoßen und bin fortgelaufen. Hab drei Wochen kein Telefon abgehoben und ihre Briefe ungeöffnet zurückgeschickt. Unser Hausmädchen hatte die Anweisung, Elke sofort wieder wegzuschicken, falls sie auftauchen sollte. Ich wollte sie aus meinem Leben streichen.“

Ich fragte leise: „Und ist dir das gelungen?“

„Nur in den ersten Wochen. Da fühlte ich mich wunderbar frei. Aber dann quälte mich die Erinnerung. Ich bekam sogar Alpträume. Immer sah ich ihr Gesicht vor mir, die Augen voller Tränen. Immer hörte ich ihre Stimme: ‚Nein, geh nicht weg!‘ Es war die reinste Folter.“

„Und habt ihr inzwischen wieder mal voneinander gehört?“

„Vor drei Monaten, als bei mir der Umbruch kam, da hab ich zu Hause bei ihr angerufen. Ich wollte sie um Verzeihung bitten. Was ich ihr angetan habe, das läßt sich mit Worten nicht wiedergutmachen. Aber ich wollte wenigstens noch mal mit ihr reden. Ihre Mutter war am Telefon. Zuerst war sie sehr böse. Als sie merkte, wie leid es mir tat, wurde sie freundlicher. Sie hat mir erzählt, daß Elke nach unserer Trennung schwermütig geworden ist. Wochenlang hat sie nichts essen wollen, ging nicht zur Schule. Sie lag den ganzen Tag im Bett. Es dauerte lange, bis sie sich wieder gefangen hatte, aber sie war nie mehr dasselbe Kastanien-Mädchen. Wollte danach lange nichts mehr mit Jungs zu tun haben. Aber dann hat sie einen Soldaten von der US-Army kennengelernt. Sie hat ihn sehr schnell geheiratet, an ihrem 18. Geburtstag, weil die Mutter dagegen war. Dann ist sie mit ihm in die Staaten rüber. Sie schreibt nur selten und ziemlich traurig. Ihre Mutter glaubt nicht, daß sie glücklich geworden ist."

„Wirst du ihr schreiben?" fragte ich.

„Ich wollte, aber ihre Mutter meinte, das solle ich lieber lassen. Das würde die alten Wunden nur wieder aufreißen."

Jörg zeichnete mit einem Stöckchen Figuren in den Sand: ein Herz mit einem Pfeil darin. Dann erzählte er weiter.

„Ja, Elke war die erste. Nicht nur sie hat einen Knacks gekriegt, ich auch. Jedesmal, wenn ich ein anderes Mädchen küßte, schob sich die Erinnerung an Elke dazwischen. Das hat mich fertig gemacht! Ich konnte mich auf kein Mädchen richtig konzentrieren, überall war Elke dabei. Ich habe versucht, mich zu betäuben. Habe Sex benutzt wie eine Droge. Aber es war immer nur ein kurzer Genuß, minutenweise. Und dann hat mich nicht einmal das zufriedengestellt. Sex ohne Liebe, da hast du nicht viel davon – bleibt nicht mehr übrig als ein schaler Geschmack."

Jörg schwieg wieder. Dann sagte er: „Ja, ich habe schwer herumgehurt. Es war ein teurer Spaß, für die Mädchen, aber auch für mich. Was ich damit bei mir zerstört habe, das ist kaum zu reparieren. Um so größer ist das Wunder, daß ein Mädchen wie Tine mich liebt. Sie ist so geduldig! Sie hilft mir enorm. Wenn mich die alten Gespenster quälen, dann sagt sie: ‚Gott hat dir vergeben, er macht dich auch wieder heil'."

Ich fragte Jörg: „Passiert es dir bei Tine auch, daß sich Elkes Gesicht dazwischenschiebt?"

„Am Anfang war das regelmäßig so. In letzter Zeit ist es selten geworden. Aber ich muß immer noch gegen diese falsche Idee ankämpfen, weißt du, daß Sex ein Genußmittel ist, bei dem es um meine Lust geht, um meinen Spaß. Wenn man so denkt, dann ist das nichts anderes als Selbstbefriedigung, bloß zu zweit."

„Wie müßte es denn richtig aussehen?"

„Für mich ist Zärtlichkeit eine Körpersprache. Du drückst damit die Liebe aus, die du geistig und seelisch empfindest. Du lebst durch Gesten eine Nähe aus, die auf allen Gebieten da ist."

„Und wenn die Nähe nicht überall da ist? Und man schläft trotzdem miteinander?"

„Dann ist das eine Lüge. Und auf einer Lüge kann keine Liebe wachsen. Wenn man miteinander schläft, dann verschmelzen zwei Leben zu einem gemeinsamen. Das ist kein Spiel. Das ist ernst und irgendwie ... heilig, weißt du? Und wer damit herumtändelt, der vergeudet Lebenskraft. Der spuckt in den Brunnen, aus dem er trinken will. Der setzt sich selbst einen Wurm an die Wurzel."

„Weißt du, Jörg, ich möchte gerne die große Liebe erleben. Eine, die ein Leben lang hält. Und wenn wir dann miteinander schlafen, dann soll das ein Fest sein, kein Fast-Food-Imbiß. Ich möchte das mit einer einzigen Frau entdecken. Die ich so sehr liebe, daß ich auch vor der Gesellschaft zu ihr stehe."

„Du meinst damit – heiraten?"

„Ja, und nicht nur das. Ich meine eine richtige Ehe, in der man alles miteinander teilt."

„Das wünsche ich mir auch. Wenn du dir den Sex aufhebst bis zur Hochzeit, ersparst du dir auch das Vergleichen."

„Wie meinst du das?"

„Wenn du mit mehreren Frauen geschlafen hast, dann

denkst du unwillkürlich: ‚Na, bei der war dies oder das anders. Das war schöner, oder das war weniger reizvoll'. Und dann erwischt man sich untertags dabei, daß man Mädchen und Frauen abschätzt wie eine Ware und sich überlegt, wie könnte es mit der sein ..."

„Ob die Mädchen auch so denken, wenn sie schon mehrmals ...?"

„Das wird in ihnen auch Spuren hinterlassen. Die Unbefangenheit geht verloren. Chris, ich sag dir, ich gäbe eine Million dafür, wenn ich noch mal neu beginnen könnte! Mit einem reinen Gewissen! Mit einer sauberen Phantasie!

„Jörg, du kannst wieder von vorn anfangen. Jesus hat es versprochen!"

„Ja, das stimmt. Daran klammere ich mich. Aber es geht nicht automatisch. Ich muß immer wieder darum bitten. Bei mir ist so vieles verkorkst, so viel Müll in meinen Gedanken. Es braucht seine Zeit, bis das alles entsorgt ist."

„Gott sieht dich jetzt schon so, als hättest du nie etwas falsch gemacht."

„Ja, weil ich mich hinter dem Rücken meines Freundes verstecken kann. Es ist mir immer noch unbegreiflich. Jesus nimmt mein verpfuschtes Leben auf sich, meine Lügen, meine Mädchengeschichten, meine schlimmen Streiche, für das alles hat er sich verurteilen lassen. Als Verbrecher. Dabei war er unschuldig. Wenn einer unschuldig war, dann er. Und dann läßt er sich foltern und anspucken und verspotten. Läßt sich ans Kreuz nageln. Flucht und schimpft nicht, sondern betet für seine Peiniger. Hängt da stundenlang in glühender Hitze, halb tot vor Schmerzen und doch lebendig genug, um noch alles mitzukriegen. Statt zu jammern, kümmert er sich noch um einen Verbrecher, der neben ihm hängt. Tröstet seine Mutter. Seinen besten Freund. Und dann stirbt er, obwohl er Gott ist. Stirbt unseren dreckigen Tod, den eigentlich wir verdient hätten. Chris, das ist eine Liebe, die keinen kalt lassen kann!"

Ich nickte still. Mochte das nicht zerreden, was Jörg so plastisch geschildert hat. Nach einer Weile meinte Jörg: „Mir ist es ein Rätsel, warum der zweite Verbrecher am Kreuz weiter gespottet hat. Warum hat er seine Chance nicht genutzt?"

„Weil er frei war. Keiner wird zum Glauben gezwungen. Nicht durch Logik, nicht durch religiöse Beeinflussung oder Erziehung. Er konnte sich entscheiden. Und er hat sich gegen seine Rettung entschieden. Hat die Gnade ausgeschlagen."

„Warum hat Gott da nicht ein bißchen nachgeholfen, um den anderen zu retten, auch gegen seinen Willen?"

„Ich glaube, das hätte nicht lange gehalten. Wenn einer nur zu Gott kommt, weil er sich Vorteile erhofft, oder aus Angst vor Strafe, dann bleibt er nicht bei ihm. Nur wer das Wesen Gottes begreifen lernt, seine Liebe, seine Größe bewundert, der fühlt sich wirklich zu ihm hingezogen. Der sehnt sich nach Nähe und Gemeinschaft. Will Gott ähnlich werden."

„Na ja, das ist klar. Was man liebt, das betrachtet man dauernd. Das prägt einen mit der Zeit. Unsere Köchin ist in ihren Mops vernarrt. Sie verbringt jede freie Minute mit ihrem Hund. Und sie hat inzwischen schon ein richtiges Mopsgesicht."

Ich mußte lachen. Dieser Gedankensprung – typisch Jörg. Seine Vergleiche hinken so charmant.

Stichwort charmant – und Vio fiel mir ein. Wie kann

ich ihr meine Gedanken verständlich machen? Sie meint, ich hätte sie abgelehnt, ihre Hingabe zurückgewiesen. Sie hat nicht begriffen, warum ich die Situation nicht ausnutzen wollte. Sie weiß vielleicht nicht, wie viele Menschen für die Süßigkeit einer Schmusestunde ein ganzes Leben lang bezahlen müssen. Daß sie eine Last tragen, die sie sich mit etwas mehr Besonnenheit erspart hätten. Vio konnte vorhin nicht mehr sachlich und vernünftig nachdenken; sie hat zu stark reagiert. Das paßte nicht zu ihr, auch nicht zum Anlaß. Da muß eine Wunde in ihr sein, die nicht verheilt ist. Irgendetwas von früher. Das nagt an ihr. Deshalb hat sie keinen Halt, keinen inneren Anker.

Jörg mußte meine Gedanken erraten haben; er sagte: „Wollen wir für Vio beten? Daß sie Frieden findet?"

Und das taten wir dann auch. Ich habe meinen ganzen Kummersack vor Gott ausgeleert. Mein Trost: Er liebt Vio noch viel mehr als ich. Bei ihm ist sie gut aufgehoben, denn er kennt sie in- und auswendig. Er weiß, wo sie ansprechbar ist. Er kann an Türen klopfen, die nur innen eine Klinke haben. Öffnen muß sie freilich selbst.

## *Die Ruine meiner Liebe*

*Chris kam nicht mehr zurück. Also ist der Schlußpunkt gesetzt. Er ist ausgestiegen. Jetzt muß ich schauen, wie ich allein weiterkomme. Ich will hier weg. Gleich morgen früh.*

*Ich habe in Mutters Dokumentenmappe nach meinem Reisepaß gesucht. Da ist ein Blatt herausgefallen: die Heiratsurkunde meiner Eltern. Ich schaute sie an, und was sehe ich: Meine Eltern haben erst zwei Monate vor meiner Geburt geheiratet. Ich bin also kein Wunschkind, sondern nur ein „Unfall". Vielen Dank, Vater und Mutter. Immerhin habt ihr mich nicht abtreiben lassen. Vielleicht wäre das noch besser gewesen. Besser als leben und nicht gewollt sein.*

*In der Mappe lag ein verschnürtes Bündel, oben drauf konnte ich ein Bild von meinem Vater sehen. Ich erinnere mich noch ganz schwach an ihn: Er hatte schwarze Haare und dunkle Augen. Wahrscheinlich sehe ich ihm ähnlich. Er war groß und hatte eine weiche Stimme. Abends saß er immer an meinem Bett und erzählte mir Geschichten. Vielleicht hat er mich doch gern gehabt? Wenigstens ein bißchen? Auf einmal spüre ich Sehnsucht nach ihm.*

*Ich weiß, was ich tue: Ich werde meinen Vater suchen. Ich muß wissen, ob er mich gewollt hat. Ich will herausfinden, warum er uns verlassen hat. Und nicht wiedergekommen ist. Seine Adresse weiß ich nicht. Aber ich notiere mir die Anschrift seines Anwalts. Als die Scheidung lief, wohnte er in München. Dort muß ich seine Spur aufnehmen. Geld hab ich nicht viel, und ich weiß nicht, wie lange ich damit auskommen muß. Ich werde also trampen.*

*Meine Sachen sind schnell gepackt. Ein Rucksack, eine kleine Tasche. Papiere eingesteckt, Geld, mein Postsparbuch für alle Fälle. Dann muß ich eine Nachricht an Mutter schreiben. Ob sie erschrocken ist, wenn ich weg bin? Vielleicht sagt sie: „Das tangiert mich nur peripher"?*

*Meistens bin ich ihr doch nur im Weg. Sie kann viel freier leben, wenn ich fort bin.*

*Und Chris? Was kümmert mich Chris! Er kann mir gestohlen bleiben mitsamt seinen Margeriten! Hab den Strauß aus der Vase gerissen und solange damit auf die Stühle geschlagen, bis ich nur noch die kahlen Stiele in der Hand hielt. Hatte keine Lust, das Chaos aufzuräumen. Auch den Stuhl ließ ich liegen. Nur den Obstsalat habe ich in den Kühlschrank gestellt. Alles andere soll so bleiben: die Ruine meiner Liebe.*

## *Im Sprühregen*

Viola ist weg! Ich habe Katrin zu ihrem Haus geschickt – als Friedenstaube –, doch niemand öffnete. Hab jede Stunde angerufen, Tag und Nacht. Viola hob nicht ab. Ich bekam Angst um sie. Dann sagte mir der Hausmeister, er hätte Vio am Samstag früh gesehen, sie sei mit dem Rucksack weggegangen. Ich dachte, sie besucht vielleicht eine Freundin oder fährt ihrer Mutter nach. Aber sie war weder gestern noch heute in der Schule. Da fuhr ich abends zu ihrer Mutter hinüber.

Frau Adamek war ganz verstört. Zeigte mir einen Zettel. Darauf stand: *Hallo Mutter, ich muß hier weg. Vielleicht komme ich irgendwann mal wieder. Bitte suche nicht nach mir. Du machst es mir nur unnötig schwer. Sei nicht traurig. Du hast es leichter ohne mich, und ich komm schon irgendwie durch. Gruß, Vio.*

„Sie hat nicht viel mitgenommen, ein paar Pullis, eine Jeans, ihre Turnschuhe. Ich hoffe immer noch, daß sie bald wieder auftaucht. Was war denn los? Habt ihr euch gestritten?"

„Hm ... ja ... nicht direkt. Wir waren uns nicht ganz einig, und dann hat mich Vio weggeschickt. Sie hat sich geärgert. Aber ich dachte, das renkt sich wieder ein."

„Da kennst du Vio schlecht. Sie ist sehr heftig in ihren Gefühlen. Sie liebt stark, aber wenn sie haßt, dann ist sie unversöhnlich. Sie kann nicht vergeben. Und sie ist so stolz, daß sie andere nicht um Verzeihung bitten kann. Ich glaube, das hat sie von mir ..." Frau Adamek ließ den Kopf sinken. Sie tat mir leid.

„Und was soll jetzt werden?" fragte ich.

„Ich warte ein paar Tage ab. Wenn sie sich bis dahin nicht gemeldet hat, schalte ich die Polizei ein. Obwohl ich mir davon wenig erhoffe. Wenn ich nur wüßte, wo sie hin will. Hast du eine Ahnung?"

Da kam mir eine Idee.

„Könnte es sein, daß sie ihren Vater besuchen will? Sie hat zwar selten von ihm gesprochen, aber ich glaube doch, daß sie ihn vermißt."

„Ihren Vater? Bestimmt nicht. Sie haßt ihn. Außerdem weiß sie gar nicht, wo er wohnt. Ich habe seine Adresse selber nicht mehr."

„Könnte man die nicht herausfinden?"

„Ja, aber wozu?"

„Viola ist doch auch sein Kind. Er sollte erfahren, daß sie verschwunden ist. Vielleicht kann er ihr helfen, wieder ins Gleichgewicht zu kommen."

„Ach nein, das ist keine gute Idee. Mein Exmann ist ein sehr anstrengender Mensch. Ich will nicht, daß er sich wieder in mein Leben einmischt. Ich bin froh, daß er fort ist."

Sie wollte nicht. Da kann man nichts machen. Zu Hause erzählte ich den Eltern davon. Paps meinte, ich hätte wahrscheinlich recht mit meiner Vermutung, daß

Viola ihren Vater sucht. Und wir sollten einfach Gott um Hilfe bitten. Er weiß, wo Viola steckt. Er kann sie mit Menschen zusammenbringen, die ihr weiterhelfen und gut zu ihr sind. Mam sagte: „Chris, du erlebst jetzt ein kleines Stück von dem, was Gott jede Stunde und jede Minute durchmacht. Da reißen sich die Menschen von seiner Hand los und laufen fort. Und er läßt sie laufen. Er läßt sie frei, obwohl ihm dabei das Herz bricht. Er lockt und ruft, er wartet mit unendlicher Geduld, und manchmal geht er ihnen nach, wie der Hirte ein verirrtes Schaf sucht. Du mußt Geduld haben. Bete für Vio, aber versinke nicht in Traurigkeit. Das nützt keinem. Du machst dich nur krank."

Das ist leichter gesagt als getan! Ich gehe momentan durch die Hölle. Ich grüble im Kreis herum wie ein Saphir, der in einer verkratzten Schallplattenrille hängengeblieben ist. Ich fühle mich als Versager. Nicht deshalb, weil ich mich Viola entzogen habe. Dazu stehe ich, das war richtig. Aber weil ich mich in den Wochen davor einfach treiben ließ. Ich war nicht mehr ich selbst. Viola war zum Dreh- und Angelpunkt meines Lebens geworden. Ich war regelrecht süchtig nach ihr; und ich habe alles andere an die zweite Stelle gerückt. Habe meinen besten Freund vernachlässigt – keine Zeit zum ruhigen Gespräch mit Gott, keine Zeit für sein Wort, die Bibel, keine Zeit für Abenteuer mit ihm, bei denen ich mich für andere Menschen einsetze. Meine Familie, die Kirchengemeinde, die Jugendgruppe, die Schule, das war mir alles so unwichtig geworden. Ich dachte nur noch an Viola, an unsere Stunden zu zweit. Mein Leben hatte auf einmal nur eine Schiene. Kein Wunder, daß ich keine Kraft mehr hatte; daß ich Vio das Leben mit Gott nicht schmackhafter machen konnte. Ich lebte ja gar nicht mehr mit ihm! Ich hatte ihn einfach stehenlassen. Hatte Vio zu verstehen gegeben: „Du bist mir mehr wert als Gott."

Aber Gott hat mich nicht aufgegeben. Ich fühle seine Nähe noch nicht, die Trauer umgibt mich wie ein kalter Sprühregen, aber ich weiß trotzdem, daß ich nicht verlassen bin. Gott hat mir in seinem Wort die Treue versprochen. Und er lügt nicht. Er hat mir verziehen. Ich bin kein bißchen besser als Jörg, auch wenn die Liste meiner Untaten kürzer ist. Man muß nichts Böses tun, um böse zu sein. Die Trennung von Gott beginnt in Gedanken. Es muß Jesus sehr weh getan haben, daß ich ihm untreu war. Obwohl ich es doch besser weiß.

Ja, ich bin kleinlaut geworden. Ich spüre, wie nötig ich Vergebung brauche. Und Trost. Denn Viola fehlt mir. Ich vermisse sie wie nach sechs Regenwochen den Sonnenschein. Dazu kommt die Sorge um sie. Wenn ich nur wüßte, wie es ihr geht!

## *Ich suche*

*Bis jetzt ist alles gutgegangen mit dem Trampen. Ich suche mir die Leute aus, bei denen ich einsteige. Bis Augsburg kein Problem. Konnte mit Frauen fahren, einmal auch mit einer Familie. Aber dann fing der Regen an. Ich war schon ganz durchgeweicht. Deshalb verzog ich mich in die Raststätte und bestellte einen heißen Tee. Ein Laster hielt draußen, die Tür flog auf, und ein Mädchen sprang heraus. Sie stolperte, riß sich wieder hoch und kam auf das Restaurant zugelaufen. Ich dachte: „Wie ein Reh, hinter dem die Jäger her sind!“*

*Zwei Männer stiegen aus; sie sah es und versteckte sich gleich in der Damentoilette. Das machte mich neugierig. Ich ging zu ihr. Sie war völlig außer Atem. Nach einer Weile hatte sie sich beruhigt. Ich fragte: „Irgendwelche Probleme?“ War eine dumme Frage, aber sie nickte trotzdem.*

*„Ich hatte gleich ein mulmiges Gefühl“, sagte sie, „schon beim Einsteigen. Aber dann dachte ich: Sei nicht so zimperlich. Was soll schon passieren?“*

*„Ist denn was passiert?“ fragte ich.*

*„Sie wollten mit mir schlafen. Als Belohnung, weil sie mich mitnehmen. Reichlich unverschämt.“*

*Ich sagte: „Jetzt kommst du erst mal mit mir raus und trinkst einen heißen Kakao. Das beruhigt die Nerven.“*

*„Weißt du, ich kam mir vor wie eine Handelsware. Und sie waren zu zweit!“*

*„Zum Glück sind nicht alle Fahrer so. Jetzt reg dich erst mal ab. Nachher suchst du dir ein anderes Auto zum Weitertrampen.“*

*Von den beiden Männern war nichts zu sehen, als wir uns an den Tisch setzten. Wir plauderten ein bißchen, dann hörte der Regen auf. Wir gingen hinaus an die Tankstelle. Ein Mercedes hielt – ältere Dame, gepflegte Frisur, teures Kostüm. Sie hob die Augenbrauen, als wir fragten: „Richtung München?“*

*Sie ließ uns einsteigen. Das war natürlich ideal: zu zweit trampen und dann noch mit einer älteren Frau. An der nächsten Raststätte wollte das andere Mädchen aussteigen; sie war dort verabredet, und ich durfte bis München weiter mitfahren. Wir kamen ins Gespräch. Sie wollte wissen, warum ich überhaupt nach*

*München will. Ich sagte ihr: „Ich will meinen Vater besuchen."*

*„Aha. Ist das per Bahn nicht sicherer?" meinte sie.*

*„Schon, aber auch viel teurer."*

*Sie lächelte: „Wie man's nimmt."*

*Darüber mußte ich lange nachdenken. Was hat sie nur gemeint?*

*Dann waren wir auf der Stadtautobahn, und sie fragte: „Wo wohnt denn dein Vater? Ich bring dich hin, willst du?"*

*Ich mußte ihr das mühsam ausreden. Konnte ihr doch nicht verraten, daß ich keine Ahnung hatte!*

*„Mein Vater ist noch im Büro, ich will ihn dort überraschen. Könnten Sie mich vielleicht am Stachus rauslassen? Von dort ist es nicht mehr weit." Dachte ich.*

*Sie bohrte nicht mehr weiter, entweder glaubte sie mir, oder es war ihr gleichgültig. Aber bevor ich ausstieg, gab sie mir eine Visitenkarte mit ihrer Adresse.*

*„Mädchen, wenn du mal in der Klemme sitzt – man kann ja nie wissen –, dann ruf mich an. Hörst du? Brauchst keine Hemmungen zu haben. Ich habe selber drei Töchter, eine frecher als die andere ... na ja, sind längst verheiratet und haben eine Handvoll bayerische Spießbürger in die Welt gesetzt."*

*Köstlich! Am liebsten wäre ich ihr um den Hals gefallen. Das ist sonst nicht meine Art, aber wenn man so allein ist, da schätzt man Freundlichkeit ganz anders. Ich bedankte mich und steckte die Karte ein.*

*Dann wühlte ich die Adresse des Anwalts heraus und suchte sie auf einem Stadtplan. O weh, da war ich am Stachus ganz falsch. Machte eine Odyssee mit U-Bahn, Bus und Straßenbahn und verlief mich dreimal. Dann hatte ich das Haus gefunden. Aber die Sprechzeit war seit einer halben Stunde zu Ende. Alles umsonst. Immerhin wußte ich schon mal, wo das war. Irgendwie fand ich die Jugendherberge und bezog ein Bett im Viererzimmer. Die anderen drei waren Französinnen und konnten kein Wort Deutsch. Dafür unterhielten sie sich die halbe Nacht in ihrem melodischen Singsang. Ich liebe diese Sprache! Es klang schön. Aber ich hätte auch ganz gern geschlafen.*

*Wachte am Morgen auf wie gerädert. Nach dem Frühstück fuhr ich auf direktem Weg zum Anwaltsbüro. Dort mußte ich zwei Stunden warten, bis der Anwalt von einer Verhandlung kam. Er war sehr freundlich zu mir, ganz anders als die Vorzimmerdame, die mich von oben bis unten gemustert hatte, als wäre ich eine verkleidete Terroristin mit einer Brandbombe im Rucksack.*

*Der Anwalt erklärte mir, daß die Akten 10 Jahre bei ihm im Büro aufgehoben würden, dann lagerten sie im Archiv; in seinem Büro wäre zu wenig Platz. Meine Eltern wurden vor ungefähr 13 Jahren geschieden. Also hat er keinen Zugriff mehr zu irgendwelchen Adressen. Den Fall hatte damals sein Vorgänger bearbeitet.*

*Mir sank der Mut. Der Anwalt zuckte die Achseln und meinte: „Do ko mer nix mochen, Fräilein. Ober sands froh, 'leicht isa a olds Ekl, da Herr Papa."*

*Sehr tröstlich! Wenigstens verlangte er kein Geld für die Beratung. Es gibt doch noch nette Menschen.*

*Als ich wieder draußen stand, fiel mir die Visitenkarte der alten Dame ein. Ich rief sie an, erklärte meine Lage. Diesmal schwindelte ich ihr nichts vor. Sie schimpfte kein bißchen, sondern meinte, sie würde mich sofort mit dem Auto abholen und zu ihrem eigenen Anwalt bringen. Eine halbe Stunde später war sie da. Ihr Anwalt hatte eine hochmoderne Kanzlei – alles blitzte von*

*Chrom und Glas. Der Rechtsanwalt paßte in die Umgebung, auch an ihm blitzte alles, von den Schuhen bis zur Stahlbrille. Die alte Dame scheint sehr reich zu sein; jedenfalls scharwenzelte jeder um sie herum. Die Sekretärin kochte uns sogar einen Kaffee. Ja, die Wunderwaffe Geld.*

*Der Anwalt telefonierte eine Weile herum, schimpfte in den Apparat, dann war er wieder ausgesucht höflich. Ich sah sie fast vor mir, die Lehrlinge mit den staubigen Fingern, die auf die Leiter klettern mußten und in den Akten stöberten. Und dann wieder den Anwaltskollegen, der da am anderen Ende der Telefonleitung saß, im eleganten Anzug mit Krawatte, korrekt, wahrscheinlich trug er sogar einen Ring am Mittelfinger. Unser Anwalt tat sehr geschäftig. Zwischendurch lächelte er sein Blitzlächeln, als wollte er uns fragen: „Schaut nur, wie ich mich für euch einsetze. Ist es recht so?“*

*Endlich hatte er Vaters Adresse aufgetrieben, notierte sie auf einem blütenweißen Zettel, den er der alten Dame mit einer vollendeten Verbeugung über den Tisch reichte. Sie stand auf, bedankte sich knapp, wie man sich für Selbstverständlichkeiten bedankt, und nahm mich am Arm.*

*„So, meine Liebe. Jetzt fahren wir hin. Bürozeit oder nicht – irgend jemand wird schon zu Hause sein.“*

*Ich wollte das nicht annehmen, sie hatte meinetwegen schon so viel Zeit und Geld eingesetzt. Aber sie duldete keinen Widerspruch.*

*„Endlich erlebe ich mal ein Abenteuer. Das lasse ich mir durch deinen Dickkopf nicht verderben! Ich habe mitgeackert, jetzt will ich auch miternten!“*

*Also fuhren wir hin, standen endlos im Stau, fuhren Kolonne, schwitzten und atmeten original Münchner*

*Smog. Es war inzwischen halb zwei, und mir waren die Knie weich. Nicht aus Hunger! Ich hätte jetzt gar nichts essen können vor Aufregung. Wie gut, daß ich nicht alleine war. Mit der alten Dame neben mir fühlte ich mich etwas mutiger.*

*Ein mittelgroßes Appartement-Haus, zwanzig Namen am Klingelschild. Ich suchte „Adamek", fand ihn nicht. Die alte Dame schüttelte den Kopf und drückte auf die unterste Klingel.*

*„Hallo??" tönte es aus der Sprechanlage.*

*Sie fragte zielstrebig nach dem Hausmeister, bedankte sich für die Auskunft. Dann gingen wir zum Nebenhaus. Der Hausmeister war nicht da. Seine Frau wußte nicht Bescheid über frühere Mieter. Aber sie gab uns die Adresse des Immobilien-Maklers, dem diese Wohnungen gehörten.*

*Der Makler war gerade in einer Sitzung. Die alte Dame legte einen Zehnmarkschein auf den Tisch der Vorzimmerlady. Da dauerte die Sitzung nur noch eine Minute. Als wir ins Sprechzimmer kamen, nestelte der Mann an seiner Krawatte herum – ich glaube, wir hatten ihn in seiner Siesta gestört. Er hörte aufmerksam zu, suchte in alten Ordnern, scheuchte seine Sekretärin herum und fand schließlich den Namen „Adamek, Jan".*

*„Ja, dieser Herr ist vor sechs Jahren ausgezogen. Er hatte über unser Maklerbüro eine Wohnung in Tutzing am Starnberger See gekauft. Versuchen Sie es einmal dort."*

*Ich war froh, daß wir endlich die richtige Adresse hatten. Trotzdem war mir mulmig zumute, je näher wir dem Starnberger See kamen.*

*Wir fanden das Haus sofort. Drei Parteien, kein Adamek dabei. Mir wurde flau. Die alte Dame ließ sich nicht so schnell kleinkriegen. Sie klingelte systematisch alle Mieter durch, bis einer öffnete. Dann nahm sie ihn regelrecht ins Kreuzverhör.*

*„Jo, der Adamek hot hier gwohnt. Jo, freili kenn i an. Ober voram dreiviatl Johr is a umizogn, 'leicht wiada noch Münchn eini?"*

*Wir schauten uns an. Jetzt waren wir so schlau wie vorher. Die alte Dame war genauso enttäuscht wie ich. Als wir wieder im Wagen saßen, meinte sie: „So hat das keinen Zweck. Du fährst jetzt schön brav wieder nach Hause zu deiner Mutter. Und dann versucht ihr von dort aus, den Papa zu finden. Zu zweit geht das besser, glaub's mir."*

*Ich glaubte ihr aufs Wort. Nur, ich hatte den Verdacht, daß meine Mutter ihren Exmann gar nicht mehr finden wollte. Sonst hätte sie längst etwas unternommen. Vielleicht hatte es gar nicht nur an ihm gelegen, daß die beiden nicht miteinander auskamen? Ich habe im Lauf der Jahre viele kleine Puzzlesteinchen gesammelt, Bemerkungen, Nebensätze, beiläufig hingeworfen. Weil mir das Ganze zu kompliziert gewesen war, hatte ich das Bild immer wieder mit meinem Haß zugedeckt und nicht weitergedacht. Aber jetzt werde ich mich nicht mehr mit Vorurteilen zufriedengeben. Ich will die Wahrheit rauskriegen!*

## *Endlich eine Spur!*

Endlich eine Spur von Viola! Sie war in München und wird heute abend zurückkommen. Eine Frau hat bei Vios Mutter angerufen. Vio war mit ihr zusammen, und es ist so, wie ich es mir gedacht habe: Viola sucht ihren Vater. Die Frau wollte ihr helfen, aber es hat nichts genützt, sie haben Herrn Adamek nicht gefunden. Ob das Einwohnermeldeamt keine Auskunft erteilt hat? Oder hat er vielleicht kein Telefon? Am liebsten würde ich mit Vio zusammen noch mal nach München fahren. Gemeinsam würden wir ihn schon finden!

Aber jetzt kommt sie erst mal nach Hause. Endlich sind die Bleigewichte von meinen Schultern abgefallen. Ich kann wieder frei durchatmen. Frau Adamek hat mich gewarnt: „Glaub bloß nicht, daß Vio gleich wieder mit dir gut ist! Sie ist sehr nachtragend."

Aber das ist mir alles unwichtig. Hauptsache, sie ist in Sicherheit. Habe vorhin einen Strauß Margeriten gekauft und von Vios Mutter in ihr Zimmer stellen lassen. Jetzt fahren wir gemeinsam zum Bahnhof. Ich werde mich erst einmal im Hintergrund halten und abwarten.

Frau Adamek hat mir nicht viel von Vios Abenteuer erzählt, nur das eine: Eine freundliche Dame hat Vio mit dem Auto hin- und hergefahren und schließlich in den Zug nach Hause gesetzt. Und dann hat sie bei Vios Mutter angerufen. Ich habe Frau Adamek noch nie so aufgewühlt gesehen. Sonst wirkt sie immer leicht unterkühlt. Aber jetzt merkt man, daß sie doch sehr an ihrer Tochter hängt. Vielleicht kann sie ihre Liebe nicht zeigen. Vermutlich hält sie ihre eigenen Gefühle für Schwäche und verleugnet sie? Es gibt solche Menschen. Aber jetzt wird alles gut zwischen den beiden. Hoffe ich!

Meine Eltern und Katrin haben sich in den letzten Tagen großartig verhalten. Sie ließen mich in Ruhe und waren doch für mich da. Paps hat mir einen Zettel auf meinen Frühstücksteller gelegt. Darauf stand: „Geduld bringt weiter als Heldentum; sich beherrschen ist besser als Städte erobern.“ Das ist auch ein Spruch von König Salomo. Es baut mich immer auf, wenn ich einen Text finde, der genau auf meine Situation paßt. Wo ich doch so ungeduldig bin. Und gern ein Held sein möchte.

Mam hat mehrmals täglich mit Frau Adamek telefoniert. Ich glaube, zwischen den beiden wächst eine unsichtbare Brücke. Das ist gut! Wie Gott aus einer ganz verfahrenen Situation doch noch etwas Brauchbares machen kann – faszinierend! Er tut das nicht automatisch. Wir müssen ihn darum bitten und ihm vertrauen.

So, ich muß los – der Zug kommt in einer halben Stunde an. Ich freue mich wie auf mein erstes Rendezvous mit Vio!

## *Ich gebe nicht auf*

*Die gute Frau brachte mich zum Bahnhof, kaufte mir eine Fahrkarte und verfrachtete mich ins Zugabteil. „Damit du mir nicht wieder ausreißt!“ meinte sie. Sie hat einen guten Blick für Menschen. Denn ich werde auf keinen Fall wieder nach Hause fahren. Jedenfalls nicht jetzt. Zuerst muß ich Vater gefunden haben. Deshalb stieg ich bei der nächsten Station wieder aus und fuhr mit der S-Bahn zurück nach München. In der Jugendherberge fragte ich einfach mal die Herbergseltern und auch einige Gruppenleiter. Was sie mir sagten, das hatte ich schon selbst gewußt: Einwohnermeldeamt, Telefonbuch ... Das hat alles der Anwalt schon probiert – ohne Erfolg. Entweder ist mein Vater nicht offiziell gemeldet, oder er wohnt nicht mehr in München. Wenn er nach Berlin gezogen ist, habe ich natürlich Pech gehabt, aber ich nehme an, daß er die Gegend um München mag. Ich probiere einfach weiter. Wenn ich nur wüßte, welchen Beruf Vater hat! Ich kann mich nicht mehr daran erinnern. Morgen früh werde ich sämtliche Adameks in München anrufen und fragen, ob sie mit meinem Vater verwandt sind. Außerdem werde ich die Telefonbücher der umliegenden Orte durchstöbern. Vater kann nicht einfach verschwunden sein. Nicht jetzt, wo ich ihn so dringend brauche!*

## *Ein heißer Tip*

Viola ist nicht mit dem angekündigten Zug gekommen. Auch mit dem nächsten und dem übernächsten nicht. Wir sind gegen elf wieder nach Hause gefahren. Frau Adamek meinte: „Vielleicht kommt sie morgen ...“, aber sie glaubte es selber nicht. Ich bin unendlich müde.

Als ich schon im Bett lag, kam Paps auf einen Sprung herein. Viola ist zur Zeit Dauerthema in unserer Familie, und er kam gleich zur Sache.

„Chris, ich habe darüber nachgedacht. Es gibt verschiedene Möglichkeiten, wo ein Mädchen wie Vio in München unterkommen kann. Am wahrscheinlichsten sind die Jugendherbergen, meinst Du nicht auch? Da könnten wir gleich morgen früh mal anrufen. Dann wissen wir schon etwas mehr.“ Er wuschelte mir mit der Hand durchs Haar.

„Komm, mach dich nicht verrückt. Ihr wird schon nichts passieren. Sie ist doch ein vernünftiges Mädchen. Sie wird ihren Vater suchen und finden, und dann kommt sie wieder zurück.“

Hoffentlich hat er recht, mein Paps! Hoffentlich findet Vio ihren Vater bald! Wie könnte ich ihr nur dabei helfen? Nächste Woche sind Ferien, da fahre ich einfach mal nach München. Paps hat dort einen Cousin, den habe ich schon lange nicht mehr besucht. Genauer gesagt: noch nie. Aber irgendwann muß man ja mal anfangen mit der Verwandtenpflege.

Kurz vor dem Einschlafen kam mir noch ein Gedanke: Wenn man wüßte, was Vios Vater beruflich macht, könnte man ihn vielleicht eher finden. Und noch etwas: Vielleicht hat er früher mal Unterhaltskosten an Frau Adamek gezahlt. Über seine Kontonummer könnte ich an die Adresse herankommen. Die Banken stehen zwar unter Schweigepflicht, aber ich hab schon eine Idee – wird aber noch nicht verraten.

## *Das ist die Frage ...*

*Es ist zum Mäusemelken! Meine Finger sind schon wund vom Herumtelefonieren. Die meisten Adameks sind berufstätig. Na klar, hätte ich mir selber denken können. Zwei habe ich erreicht, die kennen keinen Jan Adamek.*

*Habe in meinem Gedächtnis gegraben und gebuddelt – welchen Beruf hatte mein Vater? Ich kann mich nur noch an seine feinen, weißen Finger erinnern. Er hat also keine Schwerarbeit gemacht. Manchmal war ein Tintenkleks am Mittelfinger. Also hat er einen Denk- oder Schreibberuf. Meistens blieb er nach dem Mittag-*

*essen zu Hause, in seinem Arbeitszimmer. Wenn ich ganz leise war, durfte ich hinein. Ich bin dann unter seinen Schreibtisch gekrochen. Das war mein Spielhaus. Manchmal gab er mir Papier und Stifte. Da konnte ich dann malen – was man so malt als Vierjährige: Kritzi-Kratzi. Was hat Paps inzwischen auf dem Schreibtisch nur gemacht? Da lagen Bücher, manchmal auch Hefte ... Moment mal, dann war er vielleicht Lehrer? Das könnte sein! Hurra! Ich hab eine Spur!*

## *Miteinander reden*

Frau Adamek wunderte sich sehr, als ich sie um sechs Uhr früh anrief. Ich erwähnte das Wort „Jugendherberge“ lieber nicht, denn sonst läßt sie Vio noch von der Polizei abholen, und das wäre unverzeihlich. Aber ich habe wenigstens rausgekriegt, was Herr Adamek beruflich macht: Er ist Sonderschullehrer. Jedenfalls war er es damals. Und sie hat mir auch die Nummer seines Postscheck-Kontos gegeben. In den letzten Jahren wollte Vios Mutter kein Geld mehr von ihm annehmen, aber vorher hat er monatlich für Viola Unterhalt gezahlt. Ich nehme an, daß er sein Konto immer noch hat. Und jetzt kommt meine geniale Idee: Ich werde ihm einfach 10 Mark auf sein Konto überweisen und bei „Verwendungszweck“ schreibe ich hin: „Bitte anrufen, betrifft Viola!“ und meine Telefonnummer. Ich bin gespannt, ob er darauf reagiert.

Außerdem habe ich noch bei den Jugendherbergen in München nachgefragt; in der einen ist Viola gemeldet. Sie war nicht erreichbar. Der Herbergsvater versprach, ihr etwas auszurichten. Vielleicht ruft sie mich heute an. Am liebsten würde ich die Schule schwänzen, damit ich ihren Anruf nicht verpasse. Aber Mam scheucht mich gerade, es ist schon spät.

Der Tag ist vergangen, und Viola hat *nicht* angerufen. Das verletzt mich. Ich bin enttäuscht, fast ein bißchen böse auf sie. Mam hat mir das an der Nasenspitze angesehen. Manchmal frage ich mich, ob ich auf der Stirn ein Display oder einen Bildschirm trage, auf dem jeder lesen kann, was ich denke! Na gut, vielleicht nicht jeder, aber jedenfalls Mam.

Sie hat mir einen köstlichen Früchtetee gebraut und einen Apfelkuchen gebacken. Sie sagt: „Gegen Liebeskummer ist Apfelkuchen die beste Medizin!“ Und wenn ich sonst auch nicht viel von Medikamenten halte – gegen diese Therapie ist nichts einzuwenden. Aber es bleibt nicht beim Kuchen. Sie setzt sich zu mir und läßt mich erzählen. Wenn sie mich so anlächelt, da öffnen sich bei mir die Schleusen, und ich kann erst mal alles loswerden, was mich bedrückt. Und dann hütet sie sich davor, gleich alles zu bewerten und zu beurteilen, was ich sage. Nur selten gibt sie mir einen Rat. Meistens komme ich von selber drauf, wenn ich in ihrer Gegenwart das Pro und Kontra durchdenke, weil sie mich durch Fragen dazu anregt. So war es heute auch wieder. Zum Schluß wurde mir klar: Ich fühle mich von Vio abgelehnt. Aber eigentlich ist es dumm von mir, wenn ich mich über Vio ärgere, nur weil sie nicht so handelt, wie ich es mir wünsche. Sie ist doch eine eigene Persönlichkeit. Das wirkliche Problem ist meine Erwartung, nicht so sehr ihr Verhalten. Ich habe mir etwas in den Kopf gesetzt, und weil es anders gelaufen ist, bin ich enttäuscht.

Und während ich das sage, sehe ich Vios Enttäuschung an meinem Geburtstag auch noch von einer neuen Seite. Da haben sich viele verschiedene Gefühle zu einem Knoten verheddert. Sie fühlt sich wahrscheinlich genauso verletzt wie ich. Mit dem einen großen Unterschied: Ich habe schon seit Jahren trainiert, wie man Verzeihung annimmt und anderen verzeiht. Sie kann das noch nicht. Ich muß einfach Geduld haben.

Auf meinem Kopfkissen liegt wieder ein Zettel von Paps. Diesmal stammt der Spruch nicht aus der Bibel, sondern von Piet Hein, einem dänischen Philosophen, den wir beide sehr schätzen. Da steht:

„Häng dir schön sichtbar –
zur Not übers Bett –
die dunkle Mahnung
A.B.Z.
Meinst du, dein Ziel sei entmutigend weit,
soll's dich erinnern:
*Alles braucht Zeit.*"

Vor einem Jahr hätten mich solche Zettel genervt. Damals fand ich meine Eltern hoffnungslos rückständig. Ich hatte das Gefühl, daß sie mir ständig Knüppel zwischen die Beine warfen und mich mit Ermahnungen bombardierten. Dabei wußte ich doch selber, was für mich gut war. Meistens. Oder besser gesagt – ab und zu. Aber in diesem einen Jahr haben wir alle drei uns enorm weiterentwickelt. Sie haben dazugelernt, respektieren meine Ansichten und haben viel Verständnis für mich. Deshalb kann ich auch viel offener sein. Und weil ich spüre, daß Mam und Paps nicht an mir herumerziehen, sondern mich begleiten wie Freunde, nehme ich ihre gelegentlichen Tips auch dankbar an.

Wenn ich später mal eine Familie habe, möchte ich das von Anfang an so einrichten. Es erspart Kummer und Tränen, wenn man erst mal gemerkt hat, daß man sich die meisten Probleme selber macht – weil man zuviel erwartet, von sich oder von anderen. Oder weil man sich manchmal selbst nicht leiden kann. Oder weil man etwas haben will, was der andere hat. Oder weil man zuviel mit sich selbst beschäftigt ist. Ob ich das mit Vio trainieren kann? Ach, Vio. Wenn ich an sie denke, wird mir wieder das Herz schwer. Da hilft auch das dritte Stück Apfelkuchen nichts. Ich muß eine Stunde allein sein, am besten im Wald.

## *Abgeschoben*

*Heute habe ich das Schulamt belagert. Es war mühsam! Einer schickte mich zum andern, und keiner hatte Zeit für mich. Ein Beamter fragte: „Fräulein, müßten Sie um diese Zeit nicht selber im Unterricht sein?"*

*Sie begreifen nicht, wie wichtig es für mich ist, meinen Vater zu finden.*

*Wenn die nette alte Dame dabei wäre, dann würden sie sich anders verhalten! Aber ich kann sie unmöglich noch einmal anrufen – sie wäre schlimm enttäuscht von mir. Deshalb habe ich ihre Karte kleingeschnipselt und weggeworfen. Damit ich die Frau nicht in einem Anfall von Hilflosigkeit doch noch anrufe.*

*Bei den Adameks in München hab ich auch kein Glück gehabt. Keiner kennt meinen Vater. Ich forste gerade die Telefonbücher der umliegenden Orte durch. Aber wie das so ist bei Lehrern – sie werden versetzt. Wer weiß, wo Vater steckt! Aber ich gebe nicht auf!*

*Als ich abends in die Herberge kam, gab mir der Herbergsvater einen Zettel. Darauf stand: „Liebe Viola, dein Vater ist Sonderschullehrer. Magst du mich mal anrufen? Chris." Mir kamen die Tränen, als ich das las. Woher weiß er, daß ich hier bin? Und wie hat er herausgefunden, daß Vater Lehrer ist? Am liebsten würde ich zur nächsten Telefonzelle stürzen und Chris anrufen. Wenn er nur hier wäre! Er würde mich in den Arm nehmen. Er würde mir übers Haar streichen und mir liebe Worte ins Ohr flüstern. Er würde sagen: „Bis ans Ende der Welt, Viowolke ..." Er würde ... würde er wirklich? Jetzt auch noch? Nach allem, was war?*

*Plötzlich sah ich ihn vor mir – die Lippen zusammengepreßt, daß die Sehnen am Hals hervortreten, Entschlossenheit im Blick. Er schiebt mich von sich weg, unerbittlich. Es schmerzt. Und während ich darüber nachdenke, schiebt sich ein anderes Bild dazwischen:*

*Ein kleines Mädchen klammert sich an die Beine eines Mannes. Der Mann wirft Pullover und Strümpfe in einen Koffer. Das Mädchen schreit: „Geh nicht fort, Vati. Nicht weggehen!"*

*Der Mann bückt sich und löst die Kinderhände von seinen Hosenbeinen, schiebt das Kind zurück ...*

*Das ist es. Davor habe ich Angst. Und weil ich nicht noch einmal verlassen werden will, habe ich Chris weggeschickt. Ich muß mir verbieten, an ihn zu denken. Ich reiße mir die Wärme, die ich noch für ihn empfinde, aus dem Herzen! Chris muß mir ganz gleichgültig werden. Nur dann bin ich unverletzlich. Nur dann kann ich weiterleben.*

*Ich hoffe, daß ich meinen Vater bald finde; das Geld wird knapp. Ich habe gestern kaum etwas gegessen und heute auch nur wenig. Muß die letzten 50 Mark gut einteilen. Die Fahrkarte nach Hause steckt noch in meiner Jacke – die freundliche, reiche Dame hat sie mir bezahlt, ohne auf meinen Widerspruch zu hören. Nach Hause. Aber ich weiß nicht, ob das überhaupt mein Zuhause ist. Wo gehöre ich hin?*

## *Schlimme Saat*

„Wir hätten besser nicht heiraten sollen", erzählte Frau Adamek im Nebenzimmer, und da konnte ich nicht widerstehen – ich schob die Verbindungstür einen kleinen Spalt weiter auf. Ich möchte so viel wie möglich über Vios Familie wissen, dann kann ich mich besser in sie hineindenken.

Mam hatte Vios Mutter zum Tee eingeladen, und nun saßen die beiden Frauen im Wohnzimmer. Frau Adamek war überraschend gesprächig. Jetzt erzählte sie gerade von Vios Vater, ihrem Exmann.

„Ich stamme aus einer zerrütteten Familie. Meine Eltern haben sich von früh bis spät gestritten. Wir drei Kinder bekamen mehr Prügel als Taschengeld, und ich war heilfroh, daß ich mit 18 endlich aus dem Haus kam. Hatte eine Stelle als Verkäuferin angenommen und wohnte für mich allein. Dann lernte ich Jan kennen. Er war damals noch Student. Was hat mir an ihm so gefallen? Sein seidiges Haar, die dunklen Augen, er wirkte so exotisch. Er hatte eine angenehme Stimme. Aber am meisten mochte ich seine Freundlichkeit. Wissen Sie, zu mir war nie jemand freundlich gewesen. Ich hatte ein paar Männerbekanntschaften, aber die waren schnell wieder zu Ende. Irgendwie war es mir nie gelungen, eine dauerhafte Freundschaft zu knüpfen. Jan war anders. Er dachte mehr an mich als an sich. Das hat mich fasziniert. Er hat immer Rücksicht auf mich genommen, und ich fühlte mich wie eine Königin, wenn er mit mir ausging. Er hat mich anfangs sehr geliebt ..."

Frau Adamek versank in Nachdenken. Nach einer Weile fragte Mam behutsam: „Was hat diese Liebe sterben lassen?"

„Wahrscheinlich waren wir zu verschieden. Ich war ziemlich leichtsinnig und lebte ganz dem Augenblick. Was später sein würde, war mir egal. Jan war ernst und sehr gewissenhaft. Es war für ihn schrecklich, wenn er etwas falsch machte. Das nahm er sich sehr zu Herzen. Mich hat das gereizt. Es machte mir Spaß, ihn zu provozieren und dann hilflos zu sehen. Ich wollte wissen, wie weit er gehen würde, um mich zufriedenzustellen. Er hat sich meinetwegen in Schulden gestürzt. Aber das war mir nicht genug. Ich habe ihn verführt. Für mich war es nichts Besonderes, ich hatte ja schon vor ihm mehrere Männer. Aber für ihn war es das erste Mal. Es hat ihn so stark aufgewühlt, daß er hinterher nicht mehr derselbe war."

„Wie meinen Sie das?"

„Ich kann es selbst nicht erklären. Vielleicht hatte er Gewissensbisse. Oder es hat ihn gestört, daß ich ihn verführt habe. Das widersprach seiner Vorstellung von einem anständigen Mädchen ... Ja, von da an wurde es anstrengend. Ich wollte eigentlich mit ihm Schluß machen, da stellte sich heraus, daß ich schwanger war. Als

Jan das erfuhr, schleppte er mich zum Standesamt. Für mich wäre das kein Grund zum Heiraten gewesen. Aber für ihn. Zuerst habe ich mich gefreut. Aber dann bekam ich Zweifel."

„Sie dachten, er hätte Sie vielleicht nur aus Pflichtgefühl geheiratet?"

„Ja, denn eigentlich war er viel zu gut für mich. Er war so voller Güte, Sie können sich nicht vorstellen, was für ein Mann das war! Er hat mich während der Schwangerschaft verwöhnt wie eine Prinzessin."

„Und Sie glauben, er hätte das alles nur getan, um sein schlechtes Gewissen zu beruhigen?"

„Manchmal kam es mir so vor. Ich wußte nie genau, was in ihm vorging. Er hat nie geschimpft oder sich beschwert. Und ich habe seine Gutmütigkeit schamlos ausgenützt. Ich wollte ihn dazu bringen, daß er einmal richtig aus der Haut fuhr. Aber es ist mir in den vier Jahren unserer Ehe nur einmal gelungen. Und dann war es zu spät ..."

„Sie haben also geheiratet, damit Viola in eine richtige Familie hineingeboren wird."

„Ja, das war Jan sehr wichtig. Das Kind und immer nur das Kind. Ich bin bald wieder zur Arbeit gegangen, weil ja irgendwo das Geld herkommen mußte. Da hat er Viola zu seinen Vorlesungen mitgenommen, anfangs in einem Tragetuch, später im Kinderwagen. Er hat sie gewickelt und gefüttert und ist aufgestanden, wenn sie nachts weinte. Sie war ein richtiges Papakind."

„Waren Sie manchmal eifersüchtig auf Viola?"

„Ja, und wie! Aus Rache habe ich mit anderen Männern herumgeflirtet, und zwar so, daß Jan es merken mußte. Er hat mich dann nur traurig angesehen. Das machte mich rasend. Wissen Sie, er glaubte an Gott, aber an einen Gott, der ständig da war. Ich fühlte mich dauernd überwacht von seinem Gott. Er war mir unheimlich, und ich verspürte den Drang, ihn zu ärgern, diesen unsichtbaren Wächter. Er sollte sich einmal zeigen. Aber da kam keine Reaktion. Ich konnte tun und lassen, was ich wollte – von Gott kam nichts, und Jan war immer gleichbleibend freundlich zu mir."

„Und das konnten Sie nicht ertragen."

„Das hat mich fertiggemacht. Ich habe ihn betrogen mit seinem Studienkollegen. Dann habe ich es ihm gebeichtet. Er hat geweint, aber er hat mir vergeben. Ich habe es wieder gemacht. Wieder das gleiche. Da war keine Grenze. Als ob man in Schaumgummi boxt, wissen Sie."

„Und dann gab es doch eine Schwelle, die er nicht überspringen konnte?"

„Ja. Ich hatte ihm etwas ganz Böses an den Kopf geworfen. Es war ... es war eine Gemeinheit und obendrein gelogen. Es ist zu schlimm, ich mag es nicht wiederholen. Ich habe mich schon tausendmal dafür geschämt, aber manche Worte haben Widerhaken. Sie lassen sich nicht zurückholen."

„Konnten Sie Ihren Mann nicht mehr umstimmen?"

„Damals wollte ich nicht. Seine Art ging mir auf die Nerven. Wenn ich ihn nur ansah, so heilig und vollkommen wie er war, bekam ich schon ein schlechtes Gewissen. Er war nur an einer Stelle verletzbar, und als ich ihn dort traf, verlor ich ihn für immer."

„Und Sie sind sicher, daß Ihr Mann Ihnen nicht verzeihen will?"

„Ich kann mir selber nicht verzeihen. Seit Jan weg ist, habe ich ein elendes Leben geführt. Zuerst habe ich die Freiheit genossen. Aber dann habe ich gemerkt, daß es keine echte Freiheit war. Ich stolperte von einer Beziehung in die nächste. Und fand nirgendwo das, was ich suchte."

„Was haben Sie denn gesucht?"

„Einen Halt für mein Leben. Etwas Festes. Zugehörigkeit. Ein Ziel. Etwas, was das Leben sinnvoll macht."

„Und Viola? Hat Ihnen das Kind keinen Halt gegeben?"

„Ganz bestimmt. Ohne Viola wäre ich völlig versackt. So mußte ich mich immer wieder zusammenreißen. Aber ich hatte meine Probleme mit Vio. Sie hat mich zu stark an Jan erinnert. Manchmal schaut sie mich an – genau wie ihr Vater. Meine größte Angst war, daß sie auch so werden könnte – so ... so ernst und tiefgründig. Das macht das Leben schrecklich kompliziert. Deshalb wollte ich auch nicht, daß Viola sich mit Religion befaßt."

„Und wie wollen Sie das verhindern?"

„Als sie klein war, habe ich ihr erklärt, daß ihr Vater böse ist, weil er uns verlassen hat. Und ihr Vater hat an Gott geglaubt. Das wußte sie noch. Mehr war nicht nötig, um ihr den Glauben auszutreiben."

Als ich das hörte, zog es mir das Herz zusammen. Mam ging es wohl ähnlich. Jedenfalls hörte ich sie schlucken. Frau Adamek fragte: „Ist Ihnen nicht gut, Frau Hauser? Habe ich Sie irgendwie verletzt?"

Mam schniefte ein paarmal. Dann sagte sie, und ihre Stimme zitterte ein bißchen: „Ich muß daran denken, wie verzweifelt Ihre Tochter nach einem Ziel sucht. Sonst wäre sie ja nicht davongelaufen."

„Ja, ich weiß, was Sie meinen. Der Glaube hätte ihr vielleicht Halt gegeben. Ich hätte ihr das alles ersparen können. Wieder ein Minuspunkt mehr auf der

Liste meiner Schandtaten. Ich mache einfach alles falsch."

Jetzt schniefte Frau Adamek. Längere Zeit war es still. Dann sagte Mam leise: „Es gibt nicht nur ein Schuldkonto, es gibt auch einen, der Schulden tilgt, wenn man ihn darum bittet."

„Ach ja, ich weiß. Sie meinen Gott. Für mich ist das alles so theoretisch. Zu weit weg. Und dann geht es mir auch gegen den Strich, wissen Sie. Ich weiß, daß ich einen schlechten Charakter habe. Und ich stehe dazu. Ich mache niemandem etwas vor."

Mam seufzte noch einmal. Das Telefon klingelte. Frau Adamek verabschiedete sich rasch. Ob es ihr peinlich war, daß sie so viel von sich erzählt hatte?

Jedenfalls kann ich Viola jetzt viel besser verstehen. Ich frage mich nur, was das für eine Gemeinheit war, die Herrn Adamek endgültig vertrieben hat?

## *Beinah am Ziel*

*Ich kann es kaum glauben, aber ich habe die Adresse! Das Schulamt fand nach langem Suchen heraus, daß Vater in Wolfratshausen unterrichtet. Ich habe dann über die Auskunft seine Telefonnummer herausgekriegt. Lange stand ich in der Zelle und war furchtbar aufgeregt; als müßte ich vor versammelter Schülerschaft ein Gedicht aufsagen. Beim Wählen zitterten mir die Finger. Dann hörte ich seine Stimme – und ich hätte sie unter Hunderten wiedererkannt, trotz der langen Trennung:*

*„Adamek?" Mit einem kleinen Fragezeichen hinterher. Ich holte tief Luft und sagte: „Hier auch!"*

*Er war einen Moment lang still, dann fragte er: „Wer ist da, bitte?"*

*„Hier ist Viola Adamek. Deine Tochter Viola."*

*Mein Mund war ganz trocken. Ich wußte nichts mehr zu sagen. Was ist, wenn er jetzt einfach auflegt? Auf einmal überfielen mich tausend Ängste.*

*Vater sagte zögernd:*

*„Viola ... das ist aber eine Überraschung!"*

*Immerhin, ein Anfang. Ich brachte ein kleines Lachen zustande: „Vati, ich möchte dich so gern besuchen. Darf ich?"*

*Und wenn er jetzt fragt: „Warum denn auf einmal – 14 Jahre lang ging es doch auch ganz gut ohne mich?" Und wenn er „Nein!" sagt? Und wenn er sagt: „Wie stellst du dir das vor – einfach so daherzukommen, ich bin längst wieder verheiratet und habe eine neue Familie ..." Er fragte nichts von alledem. Er schwieg. Wahrscheinlich hatte ich ihn total geschockt. Ich nahm meinen ganzen Mut zusammen und bat, ja, ich flehte: „Vati, ich bin doch dein Kind. Ich habe Sehnsucht nach dir. Ich möchte dich sehen!"*

*Da seufzte er tief auf und sagte: „Viola, ich habe auch Sehnsucht nach dir. Ganz große Sehnsucht. Komm, Viomädchen, komm so schnell du kannst!"*

*Mir war, als ginge der Himmel über mir auf. Noch nie habe ich so ein Glück empfunden. Oder doch, vielleicht damals, als Chris mich küßte. Ich war so froh – mein Vater will mich! Ich sagte: „Vati, ich beeile mich. Ich habe deine Adresse von der Auskunft, Fliederweg 19, stimmt das?"*

*Und er sagte, ja, er schrie es richtig: „Ja! Das stimmt!*

*Komm, Viola, verlier keine Minute. Ich kann es kaum erwarten!"*

*Ich knallte den Hörer auf und raste zurück in die Herberge. Dort zahlte ich und schnappte mein Gepäck. Mein Restgeld – au weia – würde nicht mehr für eine Fahrkarte reichen.*

*Was jetzt? Ich kann nicht von Vati erwarten, daß er mich in München abholt. Also stelle ich mich wieder einmal an die Straße und halte den Daumen raus. Ich betrachte mir die Fahrer genau, wenn sie mir nicht geheuer sind, dann drehe ich mich weg und schüttle den Kopf.*

*Fünf Autos habe ich durchfahren lassen. Eben hält wieder einer, ein älterer Herr, graue Schläfen, eleganter Anzug, müßte eigentlich ein anständiger Mensch sein. Obwohl, das weiß man nie so genau ... Er fährt einen offenen Porsche. Ich wollte immer schon mal in einem Kabrio fahren. Soll ich?*

*Er grüßt höflich, als ich einsteige.*

*„Wolfratshausen, das geht in Ordnung", meint er. Wir unterhalten uns ein bißchen. Das Autofahren scheint ihm Spaß zu machen. Er drückt das Gaspedal voll durch. Der Wind braust durch meine Haare. Hei, das ist Leben! Und diesmal bin ich nicht auf dem Weg nach nirgendwo, diesmal habe ich ein Ziel: Vati, ich komme!*

## *Liebe ist eine anstrengende Sache*

Vorhin ist geschehen, was ich schon seit Tagen erhofft habe: Herr Adamek hat mich angerufen.

„Herr Hauser, ich danke für Ihre Überweisung. Ich sollte Sie anrufen, und das ist mir sehr lieb. Was ist mit Viola?“ Er hatte eine angenehme Stimme.

Ich sagte: „Viola ist seit über einer Woche verschwunden. Das heißt, wir haben ihre Spur. Sie ist nach München gefahren, um Sie zu suchen.“

„Ja, sie hat heute nachmittag mit mir telefoniert. Ich war ganz überrascht. Aber ich habe mich gefreut, daß sie kommen wollte. Nur – bis jetzt ist sie noch nicht da, und es ist gleich halb sieben ...“

Meine Hände wurden feucht. Liebe ist eine anstrengende Sache, da muß man ständig um jemanden zittern! Ich zwang mich zur Ruhe und sagte: „Herr Adamek, ich habe mich noch gar nicht vorgestellt. Ich bin mit Viola befreundet. Sie ist zur Zeit ziemlich durcheinander. Sie braucht Ihre Hilfe. Deshalb bin ich froh, daß sie endlich Ihre Adresse gefunden hat. Aber ich weiß auch nicht, wo sie jetzt steckt. Wie lange fährt man von München bis zu Ihnen?"

„Sie müßte längst da sein! Wissen Sie vielleicht, wie sie kommt, mit dem Auto oder mit der Bahn?"

Das ist eine gute Frage.

„Ich tippe auf irgendein Auto."

Herr Adamek zog die Luft ein.

„Hoffentlich ist nichts passiert. Auf der Autobahn ist ein böser Stau gemeldet worden."

Ich versuchte ihn zu trösten.

„Es kann ja sein, daß Viola lange auf eine Fahrgelegenheit warten mußte. Sie fährt bestimmt nicht mit jedem."

„Das will ich hoffen", murmelte Herr Adamek.

„Bitte rufen Sie mich an, wenn sie heil bei Ihnen angekommen ist!" bat ich.

Und er fragte: „Und was machen wir, wenn nicht?"

„Dann können wir nur beten!" Es war mir einfach so herausgerutscht, aber er lachte mich nicht aus.

Er sagte: „Ja, Chris, das tue ich schon die ganze Zeit. Die ganzen 14 Jahre habe ich für Viola und ihre Mutter gebetet – jeden Tag. Eine lange Wartezeit. Aber jetzt kommt mein Mädchen nach Hause."

## *Hört mich denn niemand?*

*Wo bin ich? Es ist dunkel, überall dunkel und eng. Ich kann kaum atmen. Mein Gesicht ist blutverkrustet, und ich schmecke Blut. Und dieser Wahnsinnsschmerz im*

*Kopf. Meine Beine sind irgendwie verdreht, aber ich kann sie nicht bewegen, bin eingeklemmt. Was kann ich überhaupt bewegen? Die linke Hand, und die auch nur ein paar Zentimeter. Das ist ein Alptraum. Habe ich wieder Drogen genommen? Oder hat man mich in eine Schachtel gepackt? Die Panik steigt mir in die Kehle. Ich will schreien, aber es kommt nur ein Krächzen heraus. Nicht einmal den Kopf kann ich normal drehen. Er ist festgezurrt. Bei jeder Bewegung reißt es an meinen Haaren. Also halte ich still. Ich versuche mich zu erinnern: Da war der Porsche, ich stieg ein. Wir sind sehr schnell gefahren. Dann kam ein Stau. Der Fahrer bog von der Autobahn ab, wollte den Stau umfahren. Wir nahmen eine Bundesstraße. Viele Kurven, eine unübersichtliche Strecke. Und dann?*

*Ein Motorrad kommt uns entgegen, auf unserer Spur. Der Fahrer weicht schwungvoll aus. Aber der Schlenker ist zu elegant, der Wagen zu schnell, die Straße zu schmal. Wir werden aus der Kurve getragen – gerade hier ist die Leitplanke morsch, sie hält uns nicht. Ich sehe Bäume auf uns zurasen, Zweige peitschen mir ins Gesicht, dann ein heftiger Ruck, ein Messer zuckt mir durch und durch, und ich falle ... falle.*

*Irgendwo bin ich angekommen. Ich kann noch denken, also lebe ich. Aber ich sehe nichts. Bin ich blind? Vielleicht muß ich hier sterben, allein, im Dunkeln. Vor einer Woche hätte mich das kaum gestört. Aber jetzt habe ich ein Ziel: ich will nach Hause zu Vati. Er hat mich lieb. Deshalb kann ich hier nicht einfach so verbluten. Es muß Hilfe kommen, von irgendwoher.*

*Ich muß zwischendurch eingeschlafen sein. Oder war ich ohnmächtig? Fühle mich sehr müde und schwach. Die Schmerzen sind stärker geworden. Ich habe ein paar*

*Mal um Hilfe gerufen. Aber niemand hat mich gehört. Oder doch jemand? Ich habe auf einmal ein kleines Licht gesehen, ein Sternchen. Vorhin war es noch nicht da. Jetzt starre ich immerzu auf dieses Licht und befehle mir: „Nicht einschlafen! Rufen! Lauter rufen! Ich darf nicht aufgeben! Durchhalten! Ich will meinen Vater sehen!“*

## *Ein Foto in der Tasche*

Meine Gefühle sind völlig durcheinander. Seit Tagen habe ich nicht mehr richtig geschlafen. So kann es nicht weitergehen. Ich muß mich wieder in den Griff bekommen. Als erstes habe ich lange mit Jesus geredet. Es tut gut, wieder einmal Inventur zu machen. Bei ihm sind meine Sorgen gut aufgehoben, denn er weiß am besten, wie er Viola helfen kann. Und es liegt an mir, ob ich mein Gedankenpaket wieder auf mich nehme oder bewußt liegenlasse. Die Angst um Viola ist unterschwellig da, aber ich setze ihr das Vertrauen entgegen. Wenn Vio mir besonders stark fehlt, dann versuche ich, Katrin oder Mam eine Freude zu machen. Oder ihr rufe Frau Adamek an. Man darf sich nicht von den negativen Gefühlen überschwemmen lassen. Irgendwie muß man mit guten, starken Gefühlen gegensteuern, sich mit anderen Themen beschäftigen.

In der Schule gehen mir alle aus dem Weg – als hätte ich Viola ermordet. Sogar der Rektor hat mich vorgeladen und ausgefragt.

Jörg kreiselt zur Zeit sehr stark um sich selbst; die alten Denk- und Fühlgewohnheiten sind tief verwurzelt. Seine Drogen-Kumpel haben ihn wieder einmal auf ihre Tour mitgenommen, und er brauchte drei Tage, bis er sich davon erholt hatte. Sein Thermometer sank auf Minus 20 Grad. Er ist ziemlich am Boden. Aber Tine hält zu ihm. Sie zeigt ihm, daß er ihr genauso viel wert ist wie vorher. Sie sagt: „Wir haben alle unsere Rückfälle, nur sieht man das bei uns nicht so deutlich. Keiner von uns schafft es aus eigener Kraft." Leider wird Jörg von seinen Eltern kaum unterstützt. Sie zucken die Achseln und sagen: „Na, ist dein Religions-Trip vorbei?" Sie haben nicht gemerkt, wieviel Kampf es Jörg gekostet hat, vom alten Lebensstil wegzukommen. Am nächsten Wochenende haben einige aus der Gruppe ein Zeltlager für ein paar Häftlingskinder geplant. Sie nehmen Jörg als Betreuer mit. Sie brauchen ihn, und das tut ihm gut. Nichts baut so schnell auf, als wenn man anderen helfen kann.

...

Ich bin völlig fertig! Heute abend kam ein Anruf. Ich meldete mich wie immer: „Chris Hauser, guten Abend."

Ein erstaunter Ruf: „Sie sind Chris?"

„Ja, ich bin Chris. Und wer sind Sie?"

„Ich heiße Mark Fischer und bin Pfleger in der Unfallklinik Murnau. Seit vorgestern liegt auf unserer Intensivstation ein Mädchen. Sie ist schwer verletzt, nicht bei Bewußtsein. Wir konnten nicht herausfinden, wer sie ist. Sie hatte keinen Ausweis bei sich. Aber vorhin fand ich in ihre Jeans ein Foto von einem jungen Mann, und hinten stand diese Telefonnummer. Sind Sie mit der jungen Dame verwandt oder befreundet?"

Ich mußte mich erst mal hinsetzen, die Beine trugen

mich nicht mehr. Der Pfleger erzählte, daß er eigentlich gegen die Regel der Schweigepflicht verstoße, aber er wisse sich keinen anderen Rat.

„Es geht ihr sehr schlecht, wir wissen nicht, ob sie durchkommt. Manchmal ruft sie nach ihrem Vater, manchmal ruft sie nach einem Chris. Deshalb war mir Ihr Name auch bekannt."

„Können wir sie besuchen?"

„Ich weiß nicht, ob das geht ... ihr Zustand ist kritisch. Aber der Vater sollte kommen."

Ich notierte mir die Adresse der Klinik und alles andere, was wichtig war, und gab dem Pfleger Violas Personalien durch, auch die Telefonnummer ihrer Mutter. Dann wollte ich Herrn Adamek anrufen. Aber mir war so flau ...

Zum Glück war gerade Paps nach Haus gekommen. Er sah sofort, was mit mir los war und übernahm diese schwere Aufgabe. Sie haben lange miteinander telefoniert, die beiden Väter.

Inzwischen war Mam zu Frau Adamek hinüberfahren und hatte sie verständigt. Ich packte eine kleine Reisetasche, und dann machten wir uns auf den Weg. Die Frauen waren so durcheinander, daß sie nicht Auto fahren konnten, aber wozu hatten sie einen Chauffeur? Paps konnte nicht mit, sein Dienstplan war dicht, doch er rief im Krankenhaus Murnau an, damit sie uns auf der Intensivstation keine Schwierigkeiten machen.

Noch nie war mir eine Autofahrt so lang vorgekommen. Frau Adameks Auto fährt etwas schneller als unsere alte Kutsche, aber mir war es immer noch zu langsam. Bei jedem Stau wurde ich kribbelig. Vor München mußten wir tanken. Frau Adamek rief in Murnau an. Man sagte ihr, daß Violas Vater schon da sei. Sie war sehr kleinlaut, als sie wieder ins Auto stieg. Es muß schwer für sie sein, all das zu verkraften. Ich kann nichts anderes denken als: „Laß Viola leben, Herr! Laß sie leben!“

## *Nichts als Nebel*

*Ich bin lange durch dichten Nebel gewandert. Links und rechts Felsblöcke, an denen ich mich dauernd stieß. Ein Chor schauriger Stimmen schwoll an und ab. War das schon mein Totengesang? Ich riß die Augen auf, aber ich sah nichts. Nicht einmal das kleinste Sternchen. Die Schmerzen kamen in Wellen, stürzten auf mich herab, begruben mich, rissen mich hinaus in die Flut.*

*Dann hörte ich eine vertraute Stimme, sie rief meinen Namen. Woher kenne ich diese Stimme? Ich schöpfte Mut. Da ist jemand, der sich um mich kümmert. Ich treibe nicht völlig verlassen in diesem Nebelmeer, ich habe an langer Leine einen Treibanker. Und dieser Anker hat sich verhakt. Ich spüre, er hält mich ... irgendwo ist eine Insel. Und auf dieser Insel wartet jemand auf mich.*

*Ich krame in meiner Truhe – wie heißt er, der mich ruft? Vielleicht Chris? Oder Vati? Oder wer? Ich probiere die Namen aus und lausche auf das Echo. Ich höre es nicht, aber ich weiß, da ist ein Echo. Ich bin nicht mehr allein.*

*Dann spüre ich eine Hand auf meiner Schulter. Jemand hat mich geborgen. Ein warmer Sandstrand, Sonne ... Jetzt kann ich ausruhen. Ich bin angekommen.*

## *An der Liebe leiden*

Die Schwester auf der Intensivstation macht ein Riesentheater. Soviel Besuch ist nicht erlaubt. Ich frage nach Mark Fischer, dem Pfleger. Der hat ausgerechnet heute dienstfrei. Dann drängt sich Mam nach vorne. Sie will den Arzt sprechen. Der ist in der Pause. Mam läßt sich mit dem Chef verbinden. Er kennt Paps von Ärztekongressen. Der Chef kommt persönlich. Auf einmal springen die Türen auf. Beziehungen zum Chef, das macht den Unterschied. Während ich noch darüber nachdenke, wird Frau Adamek in das Krankenzimmer gerufen. Mam darf nicht hinein. Sie fragt die Schwester aus, und ich stehe herum und habe auf einmal zwei Hände zuviel. Dann kommt ein Mann auf mich zu. Ich erkenne ihn sofort: Violas Vater. Umwerfend ähnlich. Die Haare, das Kinn. Sogar die Augen – nachtgrau mit Pünktchen. Er lächelt mich an. Ich mag ihn auch sofort. Wir setzen uns im Besucherraum auf die Couch. Ich will ihn fragen: „Wie geht es Viola?“, da antwortet er schon: „Es geht ihr schlecht, aber ich habe Hoffnung. Du bist Chris, nicht wahr?“

Ich nicke. Er spricht weiter: „Ich habe dein Bild gesehen. Es liegt auf dem Nachttisch. Der Pfleger hat es dort hingelegt, falls Vio aufwacht. Nein, bis jetzt war sie noch nicht richtig wach. Sie hat ein paar Mal nach dir gerufen ... auch nach mir. Sie hatte hohes Fieber, weißt du. War sehr unruhig, hat mit den Armen gerudert wie eine Ertrinkende. Sie muß schlimme Schmerzen haben. Sie hat starke Schmerzmittel bekommen, aber man merkt, daß sie sich unwohl fühlt. Ich habe sie in den Arm genommen, ihre Schulter gestreichelt. Sie ist dick eingepackt, aber sie muß es doch wahrgenommen haben. Ich habe sie angesprochen, da wurde sie auf einmal still. Der Puls normalisierte sich, auch die Atmung wurde tiefer. Jetzt schläft sie. Ihre ... ihre Mutter ist gerade bei ihr."

Er schweigt. Ich betrachte ihn, die schlanken Hände, die graue Strähne im Haar, die scharfen Sorgenlinien um den Mund. Ich frage mich, warum er sich all die Jahre nicht um Viola gekümmert hat. Aber es wäre taktlos, diese Frage laut zu stellen. Und jetzt schon gar nicht. Nach einer Weile fängt er wieder an: „Chris, vielleicht sollte ich nicht mit dir darüber sprechen, du bist noch ziemlich jung. Aber ich spüre, daß dir Viola viel bedeutet. Hab ich recht?"

„Ja, Herr Adamek. Ich liebe Viola. Ich liebe sie jetzt noch mehr als früher. Aber ich weiß nicht, wie ich ihr helfen kann."

„Ich habe einen großen Fehler gemacht. Ich habe ihrer Mutter mehr geglaubt als meinem Herzen. Damals, vor 14 Jahren, hatten wir einen schlimmen Streit. Meine ... meine Frau konnte sehr heftig werden. Sie wollte die Scheidung. Ich habe eingewilligt unter der Bedingung, daß das Kind zu mir kommt. Da sagte sie etwas, und das war vergiftet. Sie sagte: ‚Du hast kein Recht auf Viola, sie ist gar nicht deine Tochter. Ich habe dich mit einem anderen Mann betrogen, schon damals. Und ihn will ich jetzt heiraten'. Ich wußte ja, daß sich meine Frau bei mir nicht wohl fühlte. Ich habe es nicht geschafft, sie glücklich zu machen. Also hatte ich meine ganze Liebe meinem Kind zugewandt. Und nun wurde mir auch das genommen."

„Aber Herr Adamek ... Viola *ist* Ihre Tochter, das sieht man gleich!" Ich kramte meine Brieftasche hervor und reichte ihm Vios Foto, das ich immer mit mir herumtrug. Er betrachtete es nachdenklich.

„Ja, natürlich, jetzt ist mir das auch klar ... obwohl man im Moment nicht viel von ihr sieht. Aber damals, sie war ja erst vier, da war das noch nicht so deutlich. Wahrscheinlich war es mein verletzter Stolz, der mir die Augen verschlossen hat. Ich bin damals gegangen, und weil meine Frau keinen weiteren Kontakt wollte, habe ich mich zurückgezogen. Ich nehme an, sie hat später diesen anderen Mann geheiratet?"

Ich schüttelte den Kopf.

„Nein. Sie lebt allein, mit Viola." Daß sie dauernd neue Freunde hat, brauchte ich ihm ja nicht zu verraten.

„So wie ich sie kenne, wird sie nicht allzu alleine sein", meinte Herr Adamek. „Aber einsam. Sie war immer einsam. Sie hat mich nie wirklich an sich herangelassen."

„Das verstehe ich nicht."

„Weißt du, Chris, eine Ehe kann nur dann glücklich werden, wenn sich jeder ganz für den anderen öffnet. Wenn der eine etwas zurückhält, sich seinen Privatbereich vorbehält, in den er den anderen nicht hineinläßt, dann mag das harmlos sein, solange es um Kleinigkeiten geht. Aber bei uns waren es sehr wichtige Bereiche, die wir nicht miteinander geteilt haben. Meine Frau hat das Leben völlig anders betrachtet als ich. Für sie war es ein Sonntagsspaziergang im Wald, hier eine Erdbeere pflücken, dort ein paar Blümchen. Zuerst habe ich es an ihr geschätzt, wie sie den Augenblick genießen konnte. Aber auf die Dauer war mir das zu wenig, zu flach ... Für mich ist jeder Tag ein kostbares Geschenk. Ich muß mich dafür verantworten, wie ich ihn nutze. Ich kann an diesem Tag etwas bauen. Ich kann Menschen eine Stütze sein, kann ihnen das Gefühl geben, daß sie etwas wert sind. Wenn ich diese Chancen verpasse, dann sind sie unwiederbringlich dahin. Meine Frau konnte das nie begreifen, dieses Bewußtsein – daß man einem Höheren Rechenschaft schuldig ist."

„Ja, und daß man nicht für sich allein lebt."

„Mir war von Anfang an klar, daß unsere Ehe problematisch sein würde, weil wir in den wichtigsten Dingen des Lebens uneins waren. Ich hoffte, es würde sich ändern. Ich wollte sie durch meine Liebe zu Gott hinziehen, verstehst du? Aber das kann man nur bis zu einem gewissen Punkt. Dort muß der Mensch frei entscheiden. Wenn diese Entscheidung nicht erfolgt, ist auch die größte Liebe machtlos."

„Ich kenne dieses Gefühl. Es ist eine Qual."

„Ja, Chris, das ist es. Und diese Qual erduldet der Schöpfer dieser Welt seit Jahrtausenden. Er leidet an seiner Liebe. Er leidet an unserer Nichtliebe."

Herr Adamek hat den Kopf gesenkt. Ich spürte, daß er immer noch an seiner Frau hängt. Ich sage: „Liebe ist eine unheilbare Krankheit."

„... die manchmal tödlich endet!" fügt er hinzu.

Mich fröstelt, obwohl draußen die Luft vor Hitze flimmert. Viola! Wird es bei uns auch tödlich enden?

## *Einer war bei mir*

*Ich habe lange geschlafen. Aber jetzt bin ich wach. Leider kann ich immer noch nichts sehen, aber inzwischen habe ich begriffen, daß mein Kopf mit irgendwas umwickelt ist. Ich liege in einem Bett, soviel habe ich herausgefunden. Meine Beine kann ich nicht bewegen, und den einen Arm auch nicht. Der Kopf läßt sich drehen, auch wenn das schauderhaft sticht. Ich lasse es lieber ...*

*Im Zimmer ist es still. Nicht ganz, denn da surrt ein Apparat. Draußen höre ich eine Amsel. Ich stelle mir vor, wie sie auf dem Dach sitzt und ihr Revier verteidigt. Wir denken immer, die Vögel singen aus Lebensfreude. In Wirklichkeit ist das Lied ihre Waffe. Sie kämpfen um ihren Lebensraum. Aber ist das ein Widerspruch? Muß denn immer mit Zähnen und Klauen gekämpft werden? Warum nicht mit einem Lied?*

*Ich kämpfe auch. Ich kämpfe um die Insel in der Sonne. Wenn mich der Schmerz überschwemmt, wühle ich mich mit aller Kraft in den Boden. Ich spüre, da ist mehr als Sand. Da ist fester Untergrund, denn einer hat mich geborgen. An diese eine Wurzel klammere ich mich, denn ich will nicht wieder fortgerissen werden in den Strudel. Ich will nicht mehr vor Gott davonlaufen. Ich will stillhalten und hören, was er von mir möchte. Vielleicht kann er mir etwas Gutes anbieten – einen Hafen, in dem ich bleiben kann?*

*Jetzt geht die Tür. Jemand ist hereingekommen. Ich sage leise: „Hallo?", da kommen die Schritte näher. Eine Frau ruft: „Sie ist wach!"*

*Viele Schritte, Getrappel wie von einer Pferdeherde. Es wird mir eng in meinem Bett. Wer ist das, wer kommt da? Da, eine gebieterische Stimme: „Alle raus hier! Laßt den Vater zu ihr. Sonst verschreckt ihr das Kind.“*

*Kind sagt er – meint er mich? Wie lange hat mich keiner mehr Kind genannt? Aber es stimmt, ich bin ein Kind, denn ich habe Eltern. Mutter und Vater.*

*Ich spüre, wie sich jemand über mich beugt: „Viola!“*

*Mein Vater ist da! Und noch ein anderer – einer, der mich geborgen hat. Ich sehe ihn nicht. Ich höre ihn nicht. Aber ich weiß, ich bin angekommen.*

## *Willst du leben?*

Wir sind drei Tage bei Viola geblieben, übernachtet haben wir bei Herrn Adamek. Einer von uns blieb immer am Krankenbett. Ich durfte auch hinein, weil sie ein paar Mal nach mir gerufen hat. Aber als ich kam, schlief sie schon wieder. Ich habe sie lange betrachtet. Von ihrem schönen Haar sieht man nur noch ein paar Büschel, das andere ist abgeschnitten worden. Der eine Arm ist dick verbunden, auch das Gesicht bis unter die Nase. Sie hat schwere innere Verletzungen. Sie können Viola aber noch nicht operieren, ihr Lebensfaden ist seidendünn. Sie hatte auch Gehirnblutungen.

Inzwischen konnten wir rekonstruieren, wie es zu dem Unfall kam. Man hat unten in einer Schlucht ein Porsche-Kabrio gefunden. Total zertrümmert und verbogen. Zwanzig Meter daneben hing die Leiche eines älteren Mannes im Gebüsch, er war wohl der Fahrer des Unfallwagens gewesen. Viola lag unter dem Wrack, schauderhaft verdreht und eingeklemmt. Ich habe das

Polaroidfoto der Polizei gesehen. Keiner glaubte, daß sie noch lebte. Aber dann hat der Sanitäter einen schwachen Puls gespürt. Man hat sie mit dem Hubschrauber ins Unfall-Krankenhaus gebracht, und seither kämpft ein Team von Ärzten um ihr Leben.

Seit Herr Adamek da ist, geht es aufwärts. Der Chefarzt meint, das hätte psychische Ursachen. Er vertraut mehr auf Violas Lebenswillen als auf die vielen Apparate. Deshalb ließ er Viola von einigen Geräten „abstöpseln" und überwacht ihren Zustand lieber durch „Bezugspersonen", wie er sich ausdrückt. Ich bin auch so eine Bezugsperson. Er sagt: „Ein Gramm Liebe hat mehr Heilkraft als eine Tonne Medizin." Ich habe den Spruch aufgeschrieben. Für Paps.

Am stärksten reagiert Viola auf ihren Vater. Wenn er bei ihr sitzt, dann ist sie immer kurz vor dem Wachwerden. Einmal hat sie sogar gelächelt. Schade, daß ihre Augen verbunden sind wegen der tiefen Schnittwunden an der Stirn. Herr Adamek spricht leise auf sie ein, und ich glaube, daß sie ihn hört. Ihr Puls wird dann ruhig, das Fieber läßt nach. Als die Schwester sich wieder einmal darüber wunderte, meinte er: „Wir alle werden heil, wenn der Vater bei uns ist ..."

Die Pflegerin schaute ihn etwas irritiert an, aber ich wußte, was er meinte.

Frau Adamek ist ziemlich durcheinander. Sie hält sich nie lange in Vios Zimmer auf; sie sagt, sie erträgt es nicht. Mam geht stundenlang mit ihr spazieren oder in die Kantine. Die meiste Zeit ist Herr Adamek bei Viola. Manchmal löse ich ihn ab, aber er bleibt immer in der Nähe. Wir beide verstehen uns ohne viele Worte. Als würden wir uns schon jahrelang kennen.

Dann, am dritten Tag, kam die Krise. Viola wurde

von heftigen Krämpfen geschüttelt. Eine Schwester rannte nach dem Stationsarzt, die andere stand mit besorgtem Gesicht an Violas Bett. Sie wollten uns aus dem Zimmer schicken, aber Herr Adamek nahm mich am Arm und sagte fest: „Wir bleiben!“

Er schob die Schwester ein bißchen auf die Seite – „Sie entschuldigen bitte!“ – und setzte sich auf Vios Bettrand. Das ist eigentlich streng verboten wegen der Infektionsgefahr, aber wer fragt danach, wenn der Tod bereits am Fußende steht? Ich habe Gott angebettelt: „Laß sie leben! Laß sie leben!“

Da schaute mir Violas Vater gerade in die Augen: „Weißt du, was für sie am besten ist?“

Nein, das weiß ich nicht. Vielleicht ist Violas Gehirn geschädigt. Vielleicht wird sie nie wieder normal denken können. Und ihre Beine – sie sind möglicherweise gelähmt. Viola, die vor kurzem noch anmutig über den Baumstamm balancierte, biegsam wie eine Weide im Wind, die im Sportunterricht allen Mädchen spielend davonlief, Viola, zeitlebens an den Rollstuhl gefesselt? Der rechte Arm zertrümmert und ihre feine Stirn zerrissen von Narben, die Nase, früher klassisch gerade, wird jetzt ein plumper Knollen sein – obwohl das nicht so wichtig ist, denn ein Mensch ist mehr als sein Gesicht. Ich ließ den Kopf sinken und sagte in Gedanken zu Gott: „Es soll geschehen, wie du es willst, denn du willst immer das Beste für uns.“

Auf einmal eine neue Bewegung im Bett, als wollte sich Viola aufrichten: „Vati?“ Zum ersten Mal seit dem Unfall ist sie voll da.

Herr Adamek nimmt seine Tochter in die Arme.

„Viomädchen, ich bin bei dir!“

„Vati, gehst du nicht mehr fort?“ sagt sie mit einer

kleinen, dünnen Kinderstimme. Mir wird ganz ehrfürchtig zumute: Ein Lied, vor 14 Jahren begonnen, wird weitergesungen. Wird die letzte Strophe wieder traurig enden?

„Viola, ich verlasse dich nicht. Und wenn ich ganz kurz mal weggehe, dann komme ich bald wieder. Ganz bestimmt komme ich wieder."

„Vati, nimmst du mich mit?"

„Ja, mein Mädchen. Natürlich. Sobald du wieder gesund bist, kommst du zu mir."

„Hast du überhaupt Platz für mich?"

„Aber sicher! Du kriegst ein großes Zimmer mit Balkon. Ein Zimmer voller Sonne."

„Und ich darf immer bei dir bleiben?"

„Immer, Viola. Solange du willst." Sie ließ sich in das Kissen zurücksinken. Ein tiefer Seufzer. Herr Adamek beugte sich über sie.

„Viola, willst du leben?"

„Ich weiß nicht ... ich bin so müde."

„Das geht vorbei, Mädchen. Du darfst jetzt nicht aufgeben. Du mußt leben wollen. Sag es laut: ‚Ja, ich will leben'!"

Vio flüsterte: „Ich will leben ... Ja ... ich glaube, es lohnt sich."

Herr Adamek zog mich näher ans Bett.

„Hier steht Chris. Er will dir auch etwas sagen."

Violas Mund verzog sich – weinte sie, oder wollte sie lächeln?

Ich sagte schnell: „Viola, weißt du noch? Wir sind unterwegs – wir beide – und fahren zusammen bis ans Ende der Welt."

Sie formte ein paar Worte, ich konnte sie kaum hören, aber ich verstand: „Du mußt ... vorher tanken ...

und" – das Sprechen fiel ihr schwer – „steig nicht aus ... unterwegs. Bitte nicht."

„Nein Vio, ich werde unterwegs nicht aussteigen. Ich verspreche es dir. Ich werde dich nie verlassen, so lange ich lebe."

Und da sagte sie ganz deutlich, und diese Worte werde ich nie wieder vergessen, denn sie sind das Kostbarste, was mir je ein Mensch gesagt hat: „Dein Ziel ... ist mein Ziel."

## *Liebe kann loslassen*

*Seit drei Monaten bin ich zu Hause. Bei Vater in Wolfratshausen. In einem sonnigen Zimmer mit Balkon, wie er es versprochen hatte. Es war vorher sein Schlafzimmer. Sein Bett steht jetzt in einem kleinen Nebenraum. Ich wollte das nicht, aber er ließ sich nicht umstimmen. So ist Vati: Immer denkt er mehr an andere als an sich selbst.*

*Mutter war traurig, weil ich nicht zu ihr wollte, aber sie hat mich verstanden. Sie kommt oft am Wochenende zu Besuch. So sind wir beinahe eine richtige Familie. Aber ich kann sie auch begreifen. Sie ist wirklich ganz anders als Vati. Ein Wunder, daß die beiden es vier Jahre miteinander ausgehalten haben.*

*Vati hat mir erklärt: „Wenn zwei Menschen offen sind und sich lieben, dann finden sie immer wieder zueinander. Aber wenn einer sich verschließt und nur an sich selber denkt, oder wenn er nicht vergeben will, dem anderen nicht zutraut, daß er sich ändert – wie soll man da miteinander leben?"*

*Ich glaube, Mutter will so bleiben, wie sie ist. Schade.*

*Chris ist an jedem Wochenende hier gewesen, während der zwei Monate Krankenhaus und auch jetzt. Ohne ihn hätte ich das Ganze nicht durchgestanden – fünf Operationen, gefährlich, kompliziert, hinterher rasende Schmerzen, Schlaflosigkeit, anstrengende Krankengymnastik zum Muskelaufbau. Oft war ich mutlos, wollte aufgeben. Als sie mir zum ersten Mal einen Spiegel reichten, habe ich laut geschrien. Ich wollte lieber tot sein, als so weiterleben. Aber Chris war gerade im Zimmer. Er nahm mich in die Arme und küßte mich auf alle Narben und auf den Knubbel, der jetzt meine Nase sein soll, und sagte: „Viowolke, für mich bist du wunderschön!"*

*Und da konnte ich weiterleben.*

*Es wird noch lange dauern, bis ich wieder laufen kann. Die meiste Zeit sitze ich im Rollstuhl. Keiner kann sagen, ob meine Beine wieder ganz heil werden. Es hat Wochen gedauert, bis ich das akzeptieren konnte, und auch jetzt muß ich manchmal darüber weinen. Warum läßt Gott zu, daß ich solche Schmerzen aushalten muß? Warum hat er mich nicht ganz gesund gemacht, wenn er doch will, daß ich lebe?*

*Vati weiß darauf keine Antwort. Wir reden oft über Gott. Ich habe so viele Fragen, so viel nachzuholen. Manches weiß ich noch von früher, aber ich muß all das neu durchdenken. Mit 18 und im Rollstuhl braucht man was Festeres als einen Kleinkinderglauben. Und ich möchte wissen: „Warum gerade ich? Warum ist das mir passiert?"*

*Ich habe Chris danach gefragt. Er meinte: „Es gibt unendlich viel sinnloses Leid. Diese Welt ist ein einziges Krankenhaus. Aber wir werden hier nicht ewig bleiben müssen. Eines Tages kommt Jesus und holt uns. Er hat uns nicht vergessen, denn wir sind seine Kinder. Stimmt's, Vio?"*

*Ich weiß noch nicht genau, ob ich wirklich Gottes Kind bin. Ich muß noch darüber nachdenken, was das bedeutet. Ob ich das alles will. Es war schön, damals auf einer Insel zu landen. Aber ich kann nicht mein Leben lang auf der Insel wohnen. Ich muß wieder hinaus aufs Meer.*

*Chris glaubt ganz fest, daß Jesus Christus bald wiederkommt. Er sagt mir immer wieder: „Hoffentlich kommt er bald. Dort kriegst du bestimmt auch ein Zimmer mit Balkon!"*

*Chris hat auf dem Balkon Margeriten gepflanzt und in einem Kübel Kletterrosen. Als ich heimkam, blühten sie schon. Wenn es warm ist, steht mein Rollstuhl draußen, und ich kann auf den Spielplatz hinunterschauen. Die Kinder kennen mich inzwischen alle. Manchmal kommt ein kleines Mädchen und verpetzt den frechen Bruder. Manchmal muß ich Streit schlichten. Manchmal kommt die ganze Bande herauf und will eine Geschichte erzählt haben. Jetzt habe ich viel Zeit, mir Geschichten auszudenken. Manche fallen mir ein, während ich erzähle. Und hinterher schreibe ich sie auf. Ich will ein Buch daraus machen.*

*Habe gelernt, mit der linken Hand zu tippen, denn mein rechter Arm steckt immer noch im Gips. Die Knochen waren total zersplittert und müssen langsam wieder zusammenwachsen. Ich muß Geduld lernen.*

*Anfangs war es furchtbar, still im Stuhl sitzen zu*

*müssen. Aber jetzt habe ich mich daran gewöhnt. Wenn ich schon nicht draußen herumspringen kann, dann kann ich wenigstens in Gedanken spazierengehen. Und meine Welt hat keine Mauern. Und keine Stufen. Und keine Geschwindigkeitsbegrenzung. Ich kann im Husch von hier nach Afrika reisen, und es kostet mich keinen Pfennig. Ich habe im Krankenhaus gelernt, daß das Glück nicht außerhalb von mir zu finden ist. Auch nicht in mir drin. Das Glück ist eine Person. Und wenn sie da ist, dann ist das Glück überall, ob ich Schmerzen habe, ob ich laufen kann oder nicht.*

*Und diese Person heißt nicht Chris, das habe ich auch gelernt. Ich liebe ihn sehr, aber ich brauche jemanden, der meinen Hunger nach Leben auf Dauer stillen kann. Das kann kein Mensch. Vielleicht kann es ein Gott – Jesus Christus? Ich möchte ihn gern näher kennenlernen. Manchmal fällt es mir schwer, das alles zu glauben, was in der Bibel steht. Aber dann muß ich wieder an die schlaflosen Nächte in der Klinik denken. Damals wußte ich, daß er da war. Daß er sich um mich kümmert. Daß er mich geborgen hat. Und darüber bin ich froh. Ich bin kein Treibgut mehr. Ich habe Halt gefunden, zumindest ein bißchen.*

*Heute habe ich lange darüber nachgedacht, ob es richtig ist, daß ich Chris an mich binde. Chris mit seiner fröhlichen und zupackenden Art. Chris mit seinem Schönheitssinn und seinem Spaß am Sport. Er hat eine bessere Freundin verdient als Vio im Rollstuhl, Vio mit Knubbelnase und Narbenstirn. Kosmetische Operationen sind teuer, und ich muß mich erst einmal von den anderen Eingriffen erholen. Wenn mich die Leute auf der Straße sehen, zucken sie zusammen und schauen schnell zur Seite.*

*In ihrem Blick kann ich lesen: „Armes Mädchen, so jung und so entstellt. Und noch dazu im Rollstuhl ...“*

*Daß ich innerlich so reich und so froh bin, sieht man erst auf den zweiten Blick, und wer guckt schon so lange hin? Wie wird Chris das Mitleid der Leute ertragen? Ich will nicht, daß seine Liebe stirbt, weil ihm die Last zu schwer wird. Denn jetzt bin ich keine Wolke mehr, ich bin ein Bleiklotz. Kann ich von ihm verlangen, daß er mich sein Leben lang trägt? Nur weil er es einmal versprochen hat? Und deshalb habe ich ihm heute geschrieben. „Liebster Chris“, habe ich geschrieben, und dann kommt ein Tintenklecks, weil eine Träne aufs Papier gefallen ist, denn ich schreibe mit der Hand. Diesen Brief wollte ich nicht der seelenlosen Maschine anvertrauen. „Liebster Chris, Deine Liebe hat mir das Leben gerettet, weißt Du das?“ Und dann mußte ich erst einmal eine Pause machen, so schwer wurde mir das, was ich schreiben mußte. Schreiben wollte.*

*„Ich danke Dir für alles, was Du für mich getan hast. Ich trage Dein Bild in meinem Herzen. Aber jetzt gebe ich Dich frei. Steig aus, Chris, denn mein Wagen fährt zu langsam für Dich.“*

*Die letzten Worte wollten mir kaum aus dem Füller kriechen. Ich mußte meine Hand regelrecht zum Schreiben zwingen.*

*„Du kannst ohne mich viel mehr erreichen. Du findest sicher ein Mädchen, das besser zu Dir paßt als ich. Suche sie und werde glücklich. Und dann kommt mich besuchen. Denn ich wünsche mir, daß wir immer gute Freunde bleiben.“*

*Ich dachte, es bringt mich um, aber man überlebt so manches, wenn man will. Vati hat den Brief gelesen und genickt: „Es ist gut, daß du dich nicht an ihn klammerst.*

*Eine große Liebe braucht Freiheit. Nur so kann sie blühen. Wer frei ist, kann auch treu sein, von innen heraus."*

*Ich verstand nicht ganz, was er meinte. Er erklärte nichts. Er schlug mir eine Seite aus dem „Hohelied" des Salomo auf und lächelte in sich hinein. Da steht:*

*„Lege mich ein wie ein Siegel auf dein Herz*
*und wie ein Siegel auf deinen Arm.*
*Denn Liebe ist stark wie der Tod*
*und Leidenschaft unwiderstehlich*
*wie das Totenreich.*
*Ihre Glut ist feurig*
*und eine Flamme des Herrn,*
*so daß auch viele Wasser die Liebe nicht auslöschen*
*und Ströme sie nicht ertränken können."*
*(Salomo, „Hoheslied", Kapitel 8, Verse 6-7)*

## *Wie ein Putzlappen*

„Hallo, ihr zwei, ist Post für mich da?" Katrin nickt. Mam schiebt mir den Brief über den Tisch. Ich reiße den Umschlag auf und überfliege die ersten Zeilen. Moment mal ... was schreibt Viola? „Steig aus, Chris, mein Wagen fährt zu langsam für Dich!" Was soll das? Ich muß mich hinsetzen.

Mam schaut mir prüfend ins Gesicht, Katrin fragt: „Was Schlimmes?" Aber ich kann nicht antworten, mein Hals ist wie zugeschnürt. Ich stürme in mein Zimmer und werfe mich aufs Bett. Der Kloß in der Kehle wird dicker. In den Ohren dröhnt es: Vio will mich nicht! Vier Worte, die die Sonne verdunkeln. Ich begreife das nicht. Fünf Monate lang hab ich Vio aufgepäppelt, habe sie schrittweise ins Leben zurückgelockt. Und jetzt geht es ihr endlich besser – da macht sie Schluß? Als ob das so einfach ginge. Als ob uns diese Zeit nicht zusammengeschweißt hätte. Ich möchte ins Auto springen und zu Vio nach Wolfratshausen rasen. Ich möchte sie in die Arme nehmen und durchschütteln. Damit sie zur Besinnung kommt. Denn sie braucht mich doch! Wie kann ich sie verlassen?

Aber mir sind die Hände gebunden: Klausurenwoche, wichtige Vorprüfungen zum Abitur, unser Auto in der Werkstatt. Ich will anrufen, probiere es alle zehn Minuten, aber niemand nimmt ab. Die Spannung zerrt an meinen Nerven.

Mam bittet zum Abendbrot. Sie hat sich viel Mühe gemacht. Der rotbunte Salat lacht mich an, aber ich lache nicht zurück. Mir ist zum Heulen. Heute schmeckt alles wie Pappe. Ich würge drei Bissen runter, dann springe ich auf.

„Muß noch zur Jörg rüber – bis nachher dann." Jörg ist nicht zu Hause. Geht mir denn alles daneben? Es regnet. Ich laufe durch die Straßen, ohne Ziel, ohne Absicht, komme um drei Uhr früh zurück, naß wie ein Putzlappen, und genauso fühle ich mich auch. Rundherum jagen meine Gedanken, immer schneller, verheddern sich heillos, bis ich gar nichts mehr verstehe. Nichts.

## *Ein Fenster geht auf*

*Jörg hat angerufen. Er sorgt sich um Chris. Ich habe ihm meine Gründe erklärt: Chris braucht Freiheit. Ich will nicht, daß er sich immer nur um mich dreht und dabei schwindelig wird. Außerdem fühlte ich mich manchmal von seiner Liebe fast erdrückt. Es macht mir zu schaffen, wenn andere alles für mich tun müssen. Sicher hat er es gern getan, aber trotzdem ...*

*Jörg wird sich um Chris kümmern, damit er seine Traurigkeit überwindet. Ich bin auch traurig. Sehr. Hab in einer Woche drei Kilo abgenommen. Mein Therapeut in der Klinik merkte was und wusch mir regelrecht den Kopf. Ich habe ihn noch nie so ärgerlich erlebt. Michael ist sonst lieb und geduldig. Aber diesmal explodierte er.*

*„So geht das nicht weiter! Du mußt mitarbeiten, Vio. Im Rollstuhl sitzen und auf den Märchenprinzen warten, das bringt dich nicht voran."*

*Wenn er wüßte, daß ich meinen Märchenprinzen vor kurzem weggeschickt habe!*

*„Du vertrödelst dein Leben mit Tagträumen. Das nimmt dir alle Kraft. Das macht dich schlaff und müde!" schimpfte er weiter.*

*„Aber ich brauche meine Träume. Sonst halte ich die Schmerzen nicht aus", widersprach ich.*

*„Du bist feige. Du willst keine Verantwortung für dein Leben übernehmen. Du flüchtest vor der Wirklichkeit!"*

*„Na und? Ich pfeife auf die Wirklichkeit! Was bleibt mir denn? Meine Zukunft ist im Eimer!"*

*Da wurde er richtig böse. „Dummes Zeug! Du bist doch keine achtzig! Laß dich nicht so hängen. Mach was aus deinem Leben!"*

*„Vielen Dank!" knurrte ich. „Mit meinem Gesicht und meinen bildschönen Beinen nehmen sie mich glatt beim Film!"*

*Michael blitzte mich an, aber dann mußte er lachen.*

*„Ach, Vio, das läßt sich doch alles reparieren."*

*Zuerst dachte ich, er will mich nur trösten, aber er meinte das im Ernst.*

*„Du darfst dich nie mit einem Zustand abfinden, der sich ändern läßt. Schau her!" Er wühlte in einem Schrankfach und holte ein Bündel Prospekte heraus.*

*„Da sind Fotos von Leuten, die durch einen Unfall schlimm entstellt wurden. Guck da – ein Gesicht ohne Nase. Oder hier – die halbe Stirn ist weg. Oder hier drüben – das Kinn zur Hälfte weggerissen. Und jetzt betrachte die Leute nach der Operation. Nicht wiederzuerkennen, was?“*

*Da ging mir ein Fenster auf: Vielleicht werde ich wieder heil!*

*„Meinst du, es geht mir schon gut genug für eine solche Operation?“ fragte ich leise.*

*„Aber ja! Kein Problem! Ich spreche heute noch mit deinem Vater.“*

*„Und die Kosten? So was zahlt doch die Kasse nicht, oder?“*

*„Vio, das muß die Versicherung des Autofahrers zahlen, der dich in diesen Unfall reingerissen hat!“*

*„Aber er hatte keine Insassenversicherung.“*

*Michael kratzte sich am Kinn. „Hm ... mal überlegen ... Da findet sich schon ein Weg, mach dir jetzt mal keine Sorgen.“*

*Am Abend telefonierte Vati lange mit Michael. Und mit Professor Hauser. Sie entwickelten gemeinsam einen Schlachtplan, und geschlachtet wird: mein Knubbelgesicht. Nächste Woche habe ich einen Termin beim derzeit besten Gesichtschirurgen weit und breit! Ich bin ganz aufgeregt. Ich kriege wieder eine richtige Nase!*

## *Aus alt mach neu*

Ich war lange krank vor Kummer. Konnte nicht schlafen, konnte nichts essen. Habe drei Klausuren verpatzt und zwei Einträge gekriegt, weil ich mit den Gedanken woanders war. Wozu denn noch lernen? Ich hatte zu nichts mehr Lust. Vorgestern kam ich bei einem Waldspaziergang am Steinbruch vorbei. Stand lange da oben und starrte hinab. Wie hoch – 40 bis 50 Meter? Unten Felsen und Geröll. Ich dachte: „Ein Schritt, ein Sturz, und die Qual hat ein Ende." Beugte mich vor, fühlte mich auf einmal leicht; in meinem Kopf sauste es. Noch ein Stückchen, und ich falle ...

Das Brausen wurde stärker. Auf einmal ein Ruf: „Christian!" Ich warf mich zurück. Vios Stimme?!? Eine Täuschung – Vio ist weit weg. Und doch hat mich dieser Ruf gehalten.

Ich habe mich ins Gras sinken lassen und konnte endlich, endlich weinen. Und auf einmal spürte ich, daß einer bei mir war. Einer, der die Tränen zählt und mich versteht, weil auch seine Liebe abgelehnt wurde. Er kennt das Dunkel, in dem ich herumtappe.

Abends kam Jörg zu mir: „Ich muß mit dir reden."
Na, da haben wir eben geredet. Und dabei gingen mir verschiedene Kronleuchter auf.
„Deine Sorte von Mitleid ist tödlich!" sagte Jörg. „Du machst Vio dadurch klein und hilflos."
Daran hatte ich noch nie gedacht. So weh es tat – es war die pure Wahrheit: Ich brauche Vios Schwäche, damit ich mich stark fühle. Ich bin stolz, daß sie auf mich angewiesen ist. Ihre Dankbarkeit tut mir gut, macht mich größer. Ein Spruch fiel mir ein, den Paps gern zitiert (er und seine Reime!):

„Wer sich an den Kleinen mißt,
meint, daß er gewachsen ist."

Ich war über mich selbst erschrocken. Aber es kam noch schlimmer.
„Sag mal, du legst doch viel Wert auf Schönheit ..."
„Was willst du damit sagen?!" fuhr ich auf. „Ich liebe Vio trotz ihrer Narben!"
„Und warum?" bohrte Jörg. Er ging mir langsam auf die Nerven. Ich suchte pathetische Sätze zusammen wie „Schönheit kommt aus der Seele" und „Innere Werte sind wichtiger". Jörg sagte nichts, sah mich nur immer an. Da fielen meine weisen Sprüche in sich zusammen wie Schnee in der Sonne. Plötzlich wußte ich, warum mich Vios Narben nicht stören: Sie sind meine Garantiekarte für Vios Treue. Denn wer will so ein Mädchen haben? Ich dachte: „Solange sie so aussieht, habe ich sie sicher ..." So edel bin ich, so selbstlos. Pfui Spinne!
Ich hätte Jörg verprügeln können, so sehr hat mich das alles getroffen. Er merkte das auch, ließ mich in Ruhe und ging sehr schnell nach Hause.
Seither denke ich gründlich nach. Bin zu dem Schluß gekommen, daß der Christian Hauser eine Niete ist.

Nicht zu gebrauchen. Bei mir müßte Großputz gemacht werden. Ich wünschte mir, dieser egoistische Chris wäre tot, und ich könnte noch einmal von vorn anfangen. Wie ein Baby. Ich war traurig über mich, und das ging sogar noch tiefer als mein Kummer um Viola.

Ich habe damals mit sechzehn öffentlich gezeigt, daß ich ganz zu Gott gehören will. Ich habe mich taufen lassen. Mir gefällt dieses Symbol: Man wird im Wasser begraben und steht wieder auf. Meine Taufe war damals wunderschön. Ich hatte das Gefühl, daß Gott mich in seine Arme nimmt, als ich in das sonnenwarme Wasser stieg. Und hinterher war ich eine Woche lang so fröhlich, daß ich ständig vor mich hingepfiffen habe. Dann begann wieder der Alltag, das Hochgefühl ließ nach – das Leben besteht nicht nur aus Glanzlichtern. Ich war schon bald wieder im alten Trott. Und jetzt bin ich damit in die Sackgasse geraten.

Aber dann stöberte ich in meiner Bibel und fand das richtige Heilmittel. Ich kann wirklich neu beginnen. Der die Welt erschaffen hat – durch ein Wort aus dem Nichts –, der kann auch aus dem elenden Chris einen neuen Menschen machen. Ich habe ihn darum gebeten, und er hat mich erhört. Woher ich das weiß? Er hat es versprochen, und er lügt nicht. Nie.

## *Ohne Schmerz keine Heilung*

*Ich habe Angst. Vati drückt mir die Hand, aber was hilft's? Ich muß doch allein in den OP. Mir graut vor der Narkose, diesem schweren, bösen Schlaf, in dem Gespenster mich jagen. Ich fürchte mich vor den Schmerzen, den endlosen Nächten danach. Vati nickt mir zu und murmelt: „Einer hat dich geborgen. Hab Mut."*

*Auf einmal steht Michael hinter ihm, ganz außer Atem. Er hat sich extra dienstfrei genommen. Um hier zu sein – ist er die weite Strecke gefahren, damit er mich vor der Operation noch einmal sehen kann?*

*„Vio, altes Haus, halt die Ohren steif!"*

*Ich muß lachen. „Wie soll ich das anstellen – mitten in der Narkose?"*

*Er grinst zurück. „Wirst es schon schaffen. Was für eine Nase hast du dir denn aus dem Katalog ausgesucht? Spitz, stumpf oder stups?"*

*„Einen Adlerzinken mit einem Höcker in der Mitte!"*

*„Na, wenn das kein Fortschritt ist ..." witzelt er, und seine Späße lenken mich ab; ich merke kaum den Einstich in die Vene, da bin ich schon hinüber. –*

*Und wache in einem Sonnenzimmer auf. Ich kann sie nicht sehen, die Sonne, aber ich spüre ihre Wärme durch den Verband hindurch und bin froh, daß es dieses Mal gar nicht so arg gewesen ist mit den Horrorvisionen. Eine Schwester kommt herein und feuchtet mir die Lippen an. Danach führt sie meine Hand zu einer Blumenvase. Ich taste Rosen und ... Margeriten. Margeriten?*

*Die Schwester sagt: „Sind per Fleurop gekommen, ist aber keine Karte dabei."*

*Wer? Michael oder Chris? Ach, Chris ...*

## *Jetzt weiß ich, was ich will!*

Ich mußte erst lernen, meine Gedanken unter Kontrolle zu halten. Am Anfang war es schrecklich: Ich kreiste um Viola wie die Motte um die Gartenlaterne. Kein Ausweg aus dem Karussell. Und das mitten im Abistreß! Als es fast unerträglich wurde, habe ich laut um Hilfe geschrien. Jesus, mein Freund, ist Spezialist im Knakken solcher Ketten! Da wurde mein Kopf wieder klar. Und das ist wichtig, denn ich muß mich konzentrieren. Ich will ein gutes Abi schaffen, damit ich später Arzt werden kann.

Vorhin war Frau Adamek da, Violas Mutter. Sie kommt öfter mal vorbei und plaudert mit Mam. Heute war sie richtig aufgedreht, weil sie so gute Nachrichten aus Wolfratshausen bekommen hat: Viola geht es immer besser. Sie übt eisern, trainiert ihre Muskeln, kann quer durchs Zimmer humpeln, ganz ohne Stock. Ihr rechter Arm ist noch etwas steif, aber sie kann ihn schon belasten und bewegen.

Aber das Tollste: Viola hat sich das Gesicht operieren lassen. Ich halte das Foto in der Hand. Man sieht nichts mehr von den Narben. Keine Spur ist davon zurückgeblieben. Frau Adamek erzählt: „Der Chirurg hat aus Violas Rippe einen Knochensplitter rausgesägt und daraus eine neue Nase gebaut."

Die Nase ist edel – aristokratisch. Zarte Nasenflügel, fein modelliert wie Porzellan, ihre Stirn makellos. Ich bin sprachlos vor Staunen. Daß so was möglich ist! Daß man so was machen kann!

Und da durchfährt es mich: Das ist es! Ich will Menschen ihre Schönheit, ihre Selbstachtung wiederschenken. Ich will Gesichter heilen. Ich werde Chirurg!

Ich sprang auf und tanzte durchs Zimmer. Paps fühlte mir besorgt den Puls, aber als ich ihm sagte, warum ich so froh bin, da tanzte er wahrhaftig mit, und wie! Wir rissen Katrin von der Couch und wirbelten sie im Zimmer herum. Mam lachte, und Frau Adamek kamen die Tränen. Sie ist ganz anders geworden seit Vios Unfall: weicher, lebendiger. Sie zeigt ihre Gefühle. Wie kommt das nur?

Morgen will mir Paps eine Zivistelle bei einer Reha-Klinik suchen. Damit ich soviel Praxis kriege wie möglich. Ich bin aufgekratzt und kann mal wieder nicht schlafen. Oder liegt das daran, daß ich Vios Bild gesehen habe?

## *Wer kennt meine Grenze?*

*Der blöde Rollstuhl! Wenn ich ihn bloß schon los wäre! In der Pause zwischen zwei Therapiestunden fuhr ich in den Park hinaus. Schließlich möchte ich auch was vom Frühling haben! Ich wollte runter zum Teich, hatte aber das Gefälle nicht berechnet. Ich kam richtig in Schwung. Zuerst hat es mir großen Spaß gemacht, der Wind zauste meine Haare, und die kleinen Kieselsteinchen spritzten unter den Rollstuhlrädern weg nach rechts und links. Aber dann konnte ich nicht mehr bremsen. Eine Baumwurzel, und ich kam ins Schleudern. Wieder sah ich Bäume auf mich zurasen, Zweige peitschten mir ins Gesicht – wo hab ich das schon mal erlebt?*

*O Gott – nicht schon wieder!!! Ein Wahnsinnsruck, und der Stuhl kippte um, natürlich auf mich drauf. Der Motor summte wie eine aufgeregte Biene, die Räder drehten sich wie toll, weil sie keinen Widerstand mehr hatten. Da lag ich also, die Beine verdreht, die Arme eingeklemmt, sogar die Haare hingen irgendwo fest. Alles wie gehabt, nur daß es nicht dunkel war. Ein Trost, und was für einer!*

*Ich schrie um Hilfe, aber kein Mensch war in der Nähe. Zum Heulen. Der Schmerz in den Beinen nahm zu, mir wurde kalt vor Angst. Alles noch mal von vorn? Die schweren Übungen, der Dehnungsschmerz, die Konzentration – umsonst gewesen? Ich weinte, bis meine Nase verstopft war. Da kam ich zur Besinnung: Ich muß was unternehmen. Ich kann nicht einfach liegenbleiben und in Selbstmitleid baden.*

*Hab die Zähne zusammengebissen. Hab alle Muskeln angespannt. Hab gekeucht: „Hilf mir, Herr!“ Und er hat mich gehört! Auf einmal rührte sich der Stuhl ein paar Zentimeter vom Fleck. Ich bekam den linken Arm frei. Mein linker Arm ist ganz schön stark, und auch mit dem rechten kann ich schon allerhand anfangen. Ich ruckte und schubste den Stuhl beiseite, bis ich darunter vorkriechen konnte. Puh! Ein schönes Stück Arbeit. Und das Schlimmste stand mir noch bevor: den Rollstuhl aufrichten und hineinklettern. Kein Problem auf ebenem Boden. Aber hier, mitten im Unterholz?*

*Es klingt verrückt, aber auf einmal war ich wieder fröhlich. Ich wußte, ich würde es schaffen. Endlich saß ich wieder in meinem „Rennwagen". Der Sturz hatte ihm nichts ausgemacht; der Motor sang etliche Töne tiefer, und ich hoffte, die Batterie würde noch eine Weile durchhalten. Ich mußte einen Umweg fahren und kam 40 Minuten zu spät zur Therapie: dreckverschmiert, total aufgelöst und schweißnaß. Aber ich hatte es geschafft!*

*Michael grinste, als ich in sein Behandlungszimmer rollte.*

*„Hab dich vom Fenster aus beobachtet", meinte er. „Hast dein Pensum für heute erledigt. Wie wärs mit 'ner Tasse Tee? Oder magst du lieber was Kaltes?"*

*Ich war empört: „Du hast gesehen, wie ich umgefallen bin, und du hast mir nicht geholfen?!?"*

*Er zuckte die Achseln und sagte seelenruhig: „Warum sollte ich? Du kamst doch alleine auch ganz gut zurecht."*

*Mir verschlug es den Atem.*

*„Und wenn ich es nicht geschafft hätte?"*

*„Och ... dann wär ich schon gekommen. Aber ich kenne deine Grenze. Du kannst viel mehr, als du meinst. Du bist ganz schön hart im Nehmen, Viola. Du weißt es bloß nicht. Du denkst immer noch, du wärst ein kleines, hilfloses Mädchen, dem die anderen gefälligst helfen müssen."*

*Zuerst war ich so wütend auf Michael, daß ich am liebsten geplatzt wäre. Aber das hat leider nicht geklappt.*

*Es hätte ihm wahrscheinlich auch nichts ausgemacht. Ich hätte mich nur selber bestraft. Aber jetzt – mit etwas Abstand – bin ich froh, daß er so hart ist. Seine trockene Art tut mir gut. Ich werde dadurch stärker. Ich traue mir mehr zu. Danke, Michael! Du bist ein guter Therapeut und ein guter Kamerad. Und was sonst noch? Sonst eigentlich nichts ... Oder doch?*

*Wie es Chris wohl geht? Er steckt mitten im Abi. Es tut nur noch leise weh, wenn ich an ihn denke. Ich erlaube mir das nicht zu oft, damit ich nicht wieder traurig werde, nur ab und zu. Chris mit seinen roten Locken. Chris mit den sanften Händen. Chris mit seiner Fröhlichkeit – ob wir eines Tages doch wieder zueinander finden?*

## *Und wieder Margeriten ...*

Das Abi ist geschafft. Es ging besser, als ich dachte. Da muß mir einer geholfen haben; denn ich habe einen Notendurchschnitt von 1,5.

„Danke, Herr, ich danke dir!"

Meine Zivildienststelle ist mir sicher. Paps hat gesagt – mit einem kleinen, feinen Lächeln: „Vielleicht interessiert es dich, daß eine junge Dame namens Viola in dieser Klinik behandelt wird, und zwar täglich."

Mir wurde heiß und kalt, ich mußte erst mal in den Wald rennen. Sechs Monate haben wir uns nicht mehr gesehen. Aber diese Zeit hat die Glut nicht erstickt, im Gegenteil. Was früher Gefühl war, ist jetzt Gewißheit.

Und nun bin ich reif für einen großen Entschluß: Ich muß mit Viola reden. Ich fahre nach Wolfratshausen. Jetzt gleich.

Ich biege gerade in Vios Straße ein, stelle den Motor ab. Noch ein tiefer Atemzug, dann werde ich die Treppe hinaufstürmen. Ich werde klingeln – dreimal kurz. Herr Adamek weiß Bescheid; er wird die Wohnungstür öffnen und gleich danach die Tür zu Violas Zimmer weit aufreißen. Ich werde klopfen und leise eintreten. Ich werde einen Margeritenkranz auf Vios Haar setzen, ganz behutsam und sachte: „Viola, ich liebe dich. Ich liebe dich heute mehr als damals. Ich möchte so gern mit dir zusammen weiterfahren. Bis ans Ende der Welt. Willst du einsteigen, Vio, willst du mich?"

Hoffentlich, hoffentlich sagt sie Ja!